Lúcia Machado de Almeida

XISTO E O PÁSSARO CÓSMICO

CB131151

Série Vaga-Lume

editora ática

Este livro apresenta o mesmo texto das edições anteriores.

Xisto e o pássaro cósmico
© herdeiros de Lúcia Machado de Almeida, 1981

Conforme a nova ortografia da língua portuguesa

Gerente editorial	Claudia Morales
Editor	Fabricio Waltrick
Edição de texto	Marina Appenzeller
Coordenadora de revisão	Ivany Picasso Batista
Revisora	Cátia de Almeida

ARTE

Projeto Gráfico	Ary Normanha
Ilustrações	Mário Cafiero
Diagramadora	Thatiana Kalaes
Editoração Eletrônica	Regina Iamashita

CIP-BRASIL. CATALOGAÇÃO NA FONTE
SINDICATO NACIONAL DOS EDITORES DE LIVROS, RJ

A445x
5.ed.

Almeida, Lúcia Machado de, 1910-2005
Xisto e o pássaro cósmico / Lúcia Machado Almeida ; ilustrador Mário Cafiero. - 5.ed. - São Paulo : Ática, 2011.
80p. : il. - (Vaga-Lume)

Contém suplemento de leitura
ISBN 978-85-08-14570-6

1. Ficção científica. 2. Literatura infantojuvenil brasileira. I. Cafiero, Mário, 1951-. II. Título. III. Série.

11-1266. CDD: 028.5
CDU: 087.5

ISBN 978 85 08 14570-6
Código da obra CL 737810
Código da OP 248706

2024
5ª edição
4ª impressão
Impressão e acabamento: Forma Certa Gráfica Digital

Todos os direitos reservados pela Editora Ática
Av. Otaviano Alves de Lima, 4400 – CEP 02909-900 – São Paulo, SP
Atendimento ao cliente: 0800-115152 – Fax: (11) 3990-1776
www.atica.com.br – www.atica.com.br/educacional – atendimento@atica.com.br

IMPORTANTE: Ao comprar um livro, você remunera e reconhece o trabalho do autor e o de muitos outros profissionais envolvidos na produção editorial e na comercialização das obras: editores, revisores, diagramadores, ilustradores, gráficos, divulgadores, distribuidores, livreiros, entre outros. Ajude-nos a combater a cópia ilegal! Ela gera desemprego, prejudica a difusão da cultura e encarece os livros que você compra.

CÓPIA NÃO AUTORIZADA É CRIME
ABDR
ASSOCIAÇÃO BRASILEIRA DE DIREITOS REPROGRÁFICOS
RESPEITE O DIREITO AUTORAL
EDITORA AFILIADA

QUEM É A AUTORA

Lúcia Machado de Almeida nasceu na Fazenda Nova Granja, Município de Santa Luzia, Minas Gerais. Ainda criança, mudou-se para Belo Horizonte, onde fez o curso primário e o secundário no Colégio Santa Maria, de religiosas dominicanas. Fez curso de aperfeiçoamento no Colégio Isabela Hendrix. Estudou literatura, história da arte, línguas, piano e canto.

Pertenceu a uma família de intelectuais. Era irmã dos escritores Aníbal Machado, Paulo Machado e Carolina Machado, já falecidos; foi casada com o museólogo Antônio Joaquim de Almeida, irmão do poeta Guilherme de Almeida.

Seu primeiro trabalho literário foi o poema "Desencanto", publicado no *Estado de Minas*, quando era adolescente. Seu primeiro livro — *Estórias do Fundo do Mar* — foi publicado alguns anos depois. A partir daí, todas as suas obras têm obtido grande sucesso e seu nome figura com destaque em nossa literatura infantojuvenil.

Foi jornalista profissional por muitos anos, colaborando em jornais e revistas de Minas Gerais e do Rio de Janeiro.

Entre os vários prêmios que conquistou, destacam-se: *Medalha de Ouro da Bienal do Livro*, de São Paulo; *Prêmio Othon Bezerra de Mello*, da Academia Mineira de Letras; *Prêmio Jabuti*, da Câmara Brasileira do Livro; *Prêmio da Fundação Cultural de Brasília*; além da condecoração *Stella della Solidarietà* (medalha de mérito cultural do governo italiano); *Diplôme d'Honneur*, da Aliança Francesa; medalha de *Chevalier des Arts et des Lettres*, do governo francês; *Medalha Rio Branco*, do Ministério das Relações Exteriores do Brasil; *Medalha da Inconfidência* (mérito cultural); *Medalha de Bronze da Academia Mineira de Letras*; *Medalha Carlos Chagas*, da Associação Médica de Minas Gerais.

OBRAS DA AUTORA

Estórias do Fundo do Mar (Prêmio da Fundação Cultural de Brasília)
Lendas da Terra do Ouro
O Caso da Borboleta Atíria
Viagens Maravilhosas de Marco Pólo
O Escaravelho do Diabo
Passeio a Sabará
Passeio a Diamantina
Aventuras de Xisto
Xisto no Espaço (Prêmio Jabuti)
Xisto e o Pássaro Cósmico (nova versão de Xisto e o Saca-Rolha)
Passeio a Ouro Preto
Passeio ao Alto Minho
A Vida é Fantástica
Roteiro das Cidades Históricas de Minas
Spharion. — Aventuras de Dico Saburó (Prêmio da Fundação Cultural de Brasília)

XISTO E O PÁSSARO CÓSMICO

QUANDO Xisto soltou o assobio de aviso, na mesma hora dezenas de passarinhos voaram em sua direção e lhe pousaram nos ombros.

O rapazinho trazia um pacote de alpiste que despejou na palma de uma das mãos. Comeu ele mesmo alguns grãos e deixou que as aves bicassem o resto. Mas. . . onde é que já se viu gente comer alpiste? E entender língua de passarinho? E ter peninha amarela na cabeça?

Pois tudo isso acontecia: Xisto comia alpiste, entendia a língua dos pássaros e tinha uma peninha amarela no topete.

Convém lembrar que certa vez o moço se metera em aventuras, tendo mesmo se transformado num canário, por artes de Durga, "O Que Vê Sem Ser Visto".

Voltando à forma humana, conservara certas características de seus tempos de pássaro, mas, se ele entendia as conversas de seus irmãozinhos emplumados, estes não compreendiam quase nada do que ele dizia: sentiam apenas. Sentiam que, de certa forma, Xisto era um deles, apesar de não falar passarinhês, não ser coberto de penas, não saber voar, ter boca e dentes em vez de bico.

Passarinho no país de Xisto era tão importante quanto gente. Ai do menino que fosse encontrado com bodoque na mão. Era obrigado a ficar um ano sem comer pastéis de queijo! Punição dura, pois não havia quem não fosse doido pelos tais pastéis.

— Pastéis de queijo fazem parte de meu destino! — costumava repetir Xisto, lembrando-se do mofo que certa vez o livrara de situação dramática.

Ele até mandara construir uma grande Pastelaria, ligada a uma usina de leite destinada à fabricação de queijo para recheio dos pastéis.

Um beija-flor trazendo um morango no bico veio voando, aproximou-se de Xisto e depositou em sua boca a frutinha vermelha.

Era bonito ver os passarinhos cantando e revoando em torno do moço, num entrosamento carinhoso e perfeito.

Finalmente Xisto separou-se de seus amigos alados. Tinha um encontro com o Ministro das Comunicações Extraterrenas, um dos auxiliares que o povo havia escolhido para colaborar no governo do país.

Despreocupado, Xisto saiu pensando em sua namorada, a filha de Protônius.

Coisa engraçada: ela tinha um certo "não sei o quê" de... passarinho... Talvez porque fosse miúda e irrequieta, talvez porque fosse muito frágil. Lembrava uma plantinha recém-nascida e inexperiente, que desconhecesse a força dos ventos e a violência da foice que a poderiam destruir.

Xisto sorriu e respirou, deliciado, o ar fresco da noite. Mal sabia ele que seria efêmera aquela sensação de bem-estar. O mistério e o terror já se encaminhavam para ele através de inocente objeto que vinha pelo espaço...

AS MESMAS LEIS DA FÍSICA

NO Observatório Astronômico, gente entrava e saía sem parar. O velho Professor Van-Van, com sua comprida barba branca, e mais agitado do que nunca, andava de um lado para outro, ensaiando mais um de seus famosos faniquitos, como sempre acontecia nos momentos graves. Preocupado com isso, e estimando realmente o velho sábio, Xisto inventara uma espécie de cama automática simplificada, que Van-Van trazia às costas, como se fosse mochila, e que se desdobrava e armava automaticamente, tão logo ele caía, duro, para trás. E desse modo o sapientíssimo Professor podia ter os seus faniquitos com todo o conforto.

— Objeto desconhecido rumando para a Terra em marcha lenta! — anunciou o astrofísico encarregado do radar. Mas os colegas não deram muita importância ao que ele disse, pois ficaram achando que deveria ser um bólido qualquer que tivesse despencado. Alheio a tudo, Protônius, o outro sábio, fazia experiências, examinando pedras do solo de certo planeta distante que estavam estudando, e que foram trazidas por sondas cósmicas. Sim, pois o Laboratório de Pesquisas Nucleares funcionava dentro do Observatório.

Descabelado, cada vez mais alto e magro, óculos enormes, Protônius dissolvia em produtos químicos as amostras, submetendo-as a experiências: aquecia-as a altas temperaturas, congelava-as, expunha-as a várias espécies de radiações, a fim de descobrir suas propriedades nucleares e de proceder a análises bioquímicas e orgânicas.

— Traços de ácido nucleico! Vida! — exclamava ele, no auge do entusiasmo!

Xisto, que entrava no Laboratório em companhia de Bruzo, ficou emocionado, e correu a abraçar Protônius. Acabavam de ter a prova concreta da existência de vida em certo planeta perdido nos confins do Cosmos!

— Mas isso é sensacional! É um barato! — gritou Xisto excitadíssimo.

— As leis da física e da química são as mesmas em todo o Universo. . . E os processos de formação de moléculas nas outras galáxias são iguais aos da Terra! — continuou Protônius em voz alta, ainda meio fora de si. — Espantoso mesmo!

— Ó sublime prosopopeia! Ó facúndia que deleita minhas timpânicas membranas e penetra no *substractum* de meu ego! Sinto-me obstupido ante tanta magnitude! — exclamava o Professor Van-Van.

— Que besteira é essa que ele tá falando? Não tou sacando nada! — reclamou Bruzo de olhos arregalados.

— Não implique! — protestou Xisto. — Mais respeito ouviu? Van-Van é um cara superlegal e se ele não tivesse construído a astronave que nos levou a Minos, Rutus, "O Que Não Tem Sangue", teria dominado a Terra. E se ele fala difícil é porque o jeito dele é esse, e você, não tem nada com isso. Fique na sua e deixe ele na dele... Falou?

Ainda não refeito de seu entusiasmo, o Professor Van-Van resolveu fazer uma saudação a Protônius que começava assim:

— Salve, nosso excelso mistagogo, que alumbra com seu vasto saber este colendo sodalício!

Xisto saiu da sala, aproximou-se discretamente de um servente e pediu baixinho: — O Dicionário do Aurélio, por favor. Depressa! — E folheou rapidamente o grosso livro tomando cuidado para que ninguém percebesse. E foi direto na letra M.

O PIO AGOURENTO

— ESQUISITO... — comentou o astrofísico encarregado do radar. — É a segunda vez que nossos aparelhos captam esse ruído... Parece... um pio... um pio desafinado... Pio de pássaro! E vem lá do fundo do espaço!

— Espaço tem lado? — interrompeu Bruzo.

— Você perdeu uma boa ocasião de ficar calado — disse Xisto. — Besteira é isso que você tá perguntando.

— Ué... pois se tudo o que tem fundo tem lado, o espaço deve ter lado também.

— Fique quietinho... tá, Bruzo? Caladinho, viu?

O astrofísico escutava, atento, o radar:

— Que parece um pio, isso lá parece. Um pio desafinado... E não é constante.

— Que pássaro agourento será esse, meu Deus? Um pássaro cósmico, ora já se viu?

— Pássaro qual nada! — disse o ajudante. — Você não vê que isso é absurdo? Mas será que esse troço vem de Minos?

— De Minos, nunca! Você está se esquecendo de que Vorcex, o morcego vampiro, se desintegrou no espaço?

— Então é capaz de ser de Nívea.

— Você está confundindo tudo. De Nívea, é que não é de jeito nenhum.

— Como assim?

— Você não sabia que com esse planeta nosso Xisto se comunica uma vez por ano?

— Por que só uma vez por ano?

— Porque o contato é complicado, difícil.

Fez-se um grande silêncio. Junto do radar, Xisto, Bruzo, Van-Van e Protônius esperavam qualquer notícia.

— O objeto está entrando em órbita!... Entrou... Está ganhando velocidade... E vem vindo em direção ao mar! — anunciou o astrofísico.

Rouco, desafinado, e em intervalos, fazia-se ouvir, cada vez mais forte, mais forte o tal ruído esquisito. O pessoal todo correu para a praia.

O DISCO VOADOR

ALGUM tempo depois surge um aparelho riscando o céu em zigue-zague e alta velocidade. Tratava-se de uma espécie de disco voador fosforescente e de grande beleza. O engenho, após algumas evoluções, parou de repente e desceu em vertiginoso mergulho desintegrando-se e espatifando-se no mar.

O povo reunido na praia, acompanhava tudo, perplexo.

Que inesperado contratempo teria acontecido provocando o acidente? Ninguém sabia. Destroços do disco voador boiavam sobre as ondas. Mas de que planeta, de que mundo distante teria ele vindo? Xisto imediatamente determinou que dois hidroaviões decolassem e recolhessem os vestígios da cosmonave. Alguma coisa se mexia na água, independente da oscilação das ondas, tal qual um grande leque a se abrir e se fechar.

Que seria, meu Deus?

O Professor Van-Van imediatamente caiu para trás com o tal faniquito e ficou esticado na cama automática que Xisto lhe mandara fazer. Como sempre, voltou a si, esperando, agitado, o retorno dos hidroaviões. Ei-los de volta, trazendo os destroços de matéria plástica e fibra de vidro, pedaços de uma liga muito sólida de composição não determinada, e um pequeno capacete deformado que parecia de tungstênio. Do misterioso cosmonauta que deveria comandar o engenho, nenhum vestígio ficara. Teria sido comido pelos tubarões que infestavam aquela região, ou se desintegrara junto com a astronave, descendo aos abismos marinhos?

Segundo o Professor Van-Van, tudo indicava que o disco viera de algum planeta mais ou menos semelhante à Terra. De Nívea com certeza não era, pois as cosmonaves daquele mundo eram movidas a fótons, e o disco que explodira parecia impulsionado por força completamente nova e desconhecida! Do tal... leque que se abria e fechava, os aviadores deram notícias confusas: parecia uma ventarola azulada e... radioativa, pois, à sua aproximação, as luzes dos hidroaviões se apagaram, como se as baterias tivessem descarregado, e os aparelhos de rádio pararam de funcionar.

— Ficamos com medo de chegar perto, a verdade é essa! — confessaram os aviadores.

Não foi preciso tomar providência alguma em relação ao "leque": o próprio mar se encarregou de o trazer à praia, graças a uma corrente submarina que circulava por ali. Veio vindo, veio vindo, até que foi atirado à areia.

— Mas isso é uma ave! — gritou Xisto, diante de um grande e deslumbrante pássaro azul que jazia, exausto, no chão, abrindo e fechando as asas enormes. A ave tinha penas transparentes que emitiam uma espécie de luminosa fosforescência. Dir-se-ia um pássaro "intermediário", vindo de algum planeta de atmosfera mais pura e mais leve do que a da Terra.

O contador Geiger, do qual Xisto nunca se separava, começou a funcionar adoidado.

— Ninguém vai chegar perto! — gritou Protônius ao povo que estava na praia, e à gente que vinha vindo de todos os lados. — A ave é radioativa! Não se aproximem! Se não tiverem cuidado, vocês vão sentir perturbações circulatórias, muita fraqueza e acabarão morrendo.

Resolvidos a se protegerem, Xisto, Van-Van e Protônius correram imediatamente ao Observatório, colocaram suas capas isolantes e voltaram para observar a ave.

Era linda e media cerca de dois metros com as asas abertas. Uma levíssima penugem azul cobria-lhe o corpo todo como se fosse feita de lamê brilhante.

Em certo momento, a ave encolheu-se toda e, para espanto geral... pôs um grande ovo azul, que Van-Van, protegido por luvas especiais, recolheu delicadamente.

Xisto reparou que as asas da ave cósmica cobertas de finíssimas penas azul brilhante tinham ossos finos que pareciam as varetas de um guarda-chuva e eram interligadas por uma espécie de membrana.

O Professor Van-Van, que era também formado em biologia, percebeu que o pássaro tinha extrema sensibilidade auditiva, olfato desenvolvido, mas olhos degenerados, talvez por falta de acomodação ou de alguma deformação do cristalino. De que planeta teria vindo a maravilhosa ave? Que fazer com ela? Onde acomodá-la? Os sábios conversaram e decidiram-se afinal: levá-la-iam para uma sala que se achava desocupada no Laboratório de Pesquisas Nucleares, e pediriam a Van-Van que lhe preparasse uma atmosfera artificial bastante leve, pois o pássaro respirava com ligeira dificuldade.

Protônius comentou que provavelmente a radioatividade do pássaro iria se enfraquecendo aos poucos até se anular completamente.

MARCAS NA AREIA

SÉRIO e preocupado, Xisto percebeu um fato estranho durante esses acontecimentos: a marca de dois pés humanos que se ia formando na areia molhada, minutos

Xisto percebeu um fato estranho durante esses acontecimentos: a marca de dois pés humanos que iam se formando na areia. . .

após a explosão da astronave, como se alguém que não tivesse... corpo, estivesse saindo da água, e rumasse para a terra. Alguém de respiração lenta e ofegante, cujos pulmões estranhassem uma atmosfera pesada à qual não se habituara ainda.

Xisto tentou se comunicar de todo jeito com a ave sem resultado algum. Ela parecia não entender nada. Surda ou muda, não era, pois de vez em quando soltava uns pios agudos lindíssimos em fá sustenido.

— Que coisa esquisita! — disse Protônius. — O pio que nós escutamos pelo radar era rouco, desafinado, horrível, e o que estamos ouvindo agora é melodioso e bonito. Seria algum outro ruído qualquer?

— Não creio — disse Xisto pensativo. — Quem sabe se o aparelho transmissor da astronave enguiçou e atrapalhou o som? Vamos esperar e ver o que acontece. Ou será que uma coisa não tem nada a ver com a outra? — A ave alimentava-se de frutas e parecia ir se adaptando ao novo ambiente. Xisto é que não andava lá muito bom. Começou a sentir, de vez em quando, uma coisa esquisita na cabeça, uma espécie de mal-estar mental que jamais experimentara. Era como se alguma interferência estranha estivesse perturbando seu raciocínio.

A verdade é que a gente toda do país andava doidinha de curiosidade sobre a ave azul. Os pássaros então... nem se fale! Voavam o dia todo em volta do Laboratório, admirando sua colega interplanetária. E faziam os mais diversos comentários.

Um papagaio foi visitar um periquito, e o encontrou deitado de costas, olhos fechados, perninhas para o ar.

— Oi! Pode-se chegar?

O periquito não se moveu e continuou de olhos fechados.

O papagaio insistiu.

— Não me amole, seu chato! — berrou o periquito. — Quero sossego! Sai daí, seu baixo-astral! Estou fazendo relaxamento, você não vê?

— Folgadão, hein — tornou o papagaio. — Todo mundo trabalhando, dando duro e você aí numa boa. Pois fique sabendo que tenho uma novidade daquelas para lhe contar. Mas se é assim, não conto nada.

O periquito, que adorava fofocas, abriu os olhos, desistiu do relaxamento, e aderiu.

— Sabia — começou o papagaio — que o Galo-da-Serra está vidrado na ave cósmica? Não dorme nem come de tanta paixão. Uma gamação danada.

— Esse safado não deixa escapar ninguém! Crente que é irresistível, só porque tem penas cor de fogo e topete na testa... Ele que tome cuidado. Esse negócio de radioatividade não é brincadeira. Dá choque à toa...

E assim foram se passando os primeiros dias depois do acidente com a misteriosa cosmonave. Quanto ao ovo que o pássaro pusera, Xisto e seus ministros decidiram confiá-lo a Van-Van, para que o chocasse por meios artificiais. Foi preciso fazer isso, porque a ave cósmica andava de tal modo agitada — por razões desconhecidas — que não ficava em cima do ovo de jeito nenhum. Durante o dia comia frutas e soltava os tais pios em fá sustenido, como se estivesse ensaiando um canto. Uma tarde saiu voando e estendeu o passeio por toda a cidade. Todo o mundo chegou à janela ou correu à rua para ver.

* * *

No Observatório Astronômico, os dois sábios trabalhavam. Van-Van tentava comunicar-se com planetas vizinhos, na esperança de obter qualquer informação sobre a ave azul e o disco voador que se desintegrara no mar. Nada. O exame dos destroços revelou uma liga de composição não determinada, com traços de urânio, tungstênio, e de metais radioativos. Segundo Protônius, a nave era sem dúvida proveniente de algum mundo distante — de outra galáxia talvez — mas de atmosfera mais ou menos parecida com a do mundo onde explodira. Xisto pegou num pequeno fragmento do disco e se pôs a repará-lo:

— Tungstênio? — perguntou a Protônius, guardando o pedacinho no bolso do paletó, junto do lenço, a fim de o examinar em casa, com calma.

— Sim, tungstênio — tornou o sábio.

— E o ovo da ave cósmica?

— Continua na estufa, do mesmo jeito. Até agora... nada!

— Poxa! Será que ele gorou?

— Talvez.

Os dois amigos conversaram um pouco, Xisto despediu-se e seguiu em direção à casa da namorada. Prometera levá-la a passear e tomar lanche com ela na Pastelaria.

O RECADO AFLITO...

XISTO resolveu dar uma festa no Jardim Botânico, a fim de apresentar, por assim dizer, a ave cósmica ao povo. Anoitecia e a cidade tinha um aspecto fantasmagórico. A noite parecia dia, de tal modo brilhavam os poderosos refletores. O céu estava coalhado de "espiões do espaço", que clareavam a noite com sua luminosidade. Detetores eletromagnéticos espreitando o que se passava na distância, satélites artificiais entrando e saindo das nuvens. Como estava belo o Jardim Botânico, com suas plantas de espantosa exuberância! Sábia e silenciosamente a natureza cumpria sua secreta missão. Nas pétalas das orquídeas, as tintas de seu colorido espalhavam-se em simetria, formando sempre o mesmo repetido desenho. E as rosas explodiam em sua efêmera beleza, usando e abusando do seu direito de serem rosas. Mas eram rosas, orquídeas e outras flores de tamanho descomunal, pois Xisto fizera uma experiência, permanecendo três dias no espaço cósmico, em órbita, levando, no interior de sua astronave, sementes que, em contato com a terra, logo germinaram e cresceram tanto, que os habitantes da cidade chegaram a ficar assustados. Milhares de vaga-lumes iluminavam a harmoniosa arquitetura vegetal de árvores, em cujos galhos emaranhados pássaros de todos os tamanhos e cores iam se instalando. Xisto, que entendia-lhes a linguagem, ria-se das tolices que falavam, enquanto ia cumprimentando o povo que chegava ao Jardim Botânico, curioso de conhecer a Ave Azul. O Parque estava cheio de gente jovem. E todas as moças — sim, todas — estavam apaixonadas por Xisto.

— Mas ele é um barato! — dizia uma delas.

— E como é charmoso! — suspirava outra.

— Desista, ó bela, porque ele anda paquerando uma miudinha que você conhece.

Depois de vários minutos de expectativa, a Ave Azul veio se aproximando em voo tranquilo, precedida por uma nuvem de beija-flores. Vinham em formação geométrica, de tempo em tempo parando no ar, e depois voando em marcha a ré, como se tudo fosse um balé ensaiado. A ave chegou, mais linda do que nunca, abrindo e fechando suas asas de um azul fosforescente. Depois de fazer um voo circular pelo Jardim Botânico, pousou no trono de flores que lhe havia sido preparado. Bem em frente dela estava o Galo-da-Serra a lhe lançar olhos ternos de namorado.

— Repare só, como está anelado o topete dele — disse o papagaio ao periquito.

— Topete nada, seu bobo. Aquilo é peruca. Cuidado, que esse cara é um baixo-astral danado!

Xisto novamente tentou se comunicar com a ave, mas logo viu que ela não entendia nada. Novamente lhe veio a estranha sensação mental de interferência, como se seu cérebro fosse pura e simplesmente um aparelho detetor. Mas era uma mensagem aflita, e aflitiva, que ele não conseguia definir. De repente, um gigantesco caranguejo veio caminhando lentamente por cima dos canteiros, sem que ninguém desse atenção ao fato. Pelo contrário: as pessoas — habituadas a isso — se afastavam, dando passagem ao enorme crustáceo. Era outra coisa, entretanto. Tratava-se nada mais, nada menos do que um engenho metálico articulado e com oito pernas, cuja forma lembrava a de um caranguejo. Certamente viera de algum outro planeta qualquer, destinado a pesquisar o solo, e mandar informações ao mundo do qual fora enviado. Sim, pois a Inteligência estava distribuída por todo o Cosmos, e ansiosamente procurava se comunicar. Protônius aproximou-se do aparelho, examinou-o e verificou que ele estava nas últimas, isto é, que perdia energia e já estava no fim de sua missão.

O CANTO EM FÁ SUSTENIDO

E foi quando uma coisa de pouca importância, mas muito estranha, aconteceu: o pássaro cósmico ergueu-se sozinho sem voar e sempre de asas fechadas, começou a ser. . . transportado pelos ares até o ombro de Xisto! Dois minutos depois, abriu subitamente as asas em leque, e saiu voando espetacularmente até pousar num palco que fora armado no meio da clareira.

Então, acompanhada pelo olhar curioso da multidão que ali se achava, a Ave Azul começou a cantar uma melodia em fá sustenido tão linda, mas tão linda, que todos sentiram lágrimas nos olhos e um aperto no coração. Parecia o canto de um pássaro enamorado, pois só muito amor poderia inspirar tão dulcíssimos sons. As crianças adormeceram sorrindo, e os homens — mesmo de olhos abertos — se puseram a sonhar.

As pessoas notaram que, enquanto o pássaro cantava, uma espécie de luz fluorescente azulada se espalhava pela noite, emprestando-lhe qualquer coisa de mágico.

Coisa ainda mais estranha aconteceu na grande mesa onde se achavam as cem qualidades de iguarias diferentes: um pedaço do bolo principal, partiu-se sozinho, elevou-se um pouco no ar, esfarelou-se e permaneceu solto no espaço. Depois começou a mover-se, parando aqui e ali. A mesma cena repetiu-se várias vezes. Nem todos perceberam o inusitado acontecimento, é claro. Os que o viram, entretanto, deram alarme, e em pouco tempo, a festa se transformou numa confusão geral. Como se isso não bastasse para assustar o público, desprendeu-se sozinho, de um pé de roseira, um galho com enorme rosa vermelha que veio voando pelos ares, mas bem baixinho, até pousar nas mãos de Xisto! A situação piorou depois que o alpiste dos pássaros que estava nas terrinas, começou a se espalhar espontaneamente no ar como se fosse uma chuva de areia. Diante desses fatos, o Professor Van-Van. . . tibum! Lá foi mais um de seus desmaios! Caiu duro na cama automática, recobrando os sentidos pouco depois. Xisto recomendou ao povo que se acalmasse, e tratou de restabelecer a ordem, sempre ajudado por seu companheiro Bruzo, cada vez mais forte e menos inteligente. Ninguém mais quis saber da festa e foram todos para suas casas convencidos de que alguma coisa terrível estava acontecendo no país desde que a Ave Azul caíra no planeta. Assustado, Xisto não sabia o que pensar...

Os primeiros pedacinhos do espantoso quebra-cabeças iam sendo pouco a pouco apresentados. Mas... como reuni-los?

Difícil, muito difícil, pois ainda faltavam peças importantes para a lógica final.

A AVE DISSOLVE-SE

A primeira providência foi conduzir a ave até o Laboratório. No dia seguinte, Xisto observou que ela parecia mais tênue, menos... consistente, por assim dizer, como se estivesse se desmanchando... Van-Van foi chamado, e verificou não só que ela perdera totalmente a radioatividade, como também que estava passando lentamente do estado sólido para o estado... gasoso.

Mesmo assim, a misteriosa ave ainda repetiu, mais uma vez, a tal melodia em fá sustenido, porém em surdina, como se já estivesse quase sem forças. Ao terminá-la, o pássaro continuou a se desintegrar suavemente à vista de Xisto, Bruzo, Van-Van e Protônius.

Em poucos minutos não era mais que uma sombra a sumir... sumir...

— Evaporou-se! — exclamou Van-Van.

— Morreu! — disse Xisto, simplesmente.

— Morreu como, se o corpo dela não está aqui? — perguntou Bruzo.

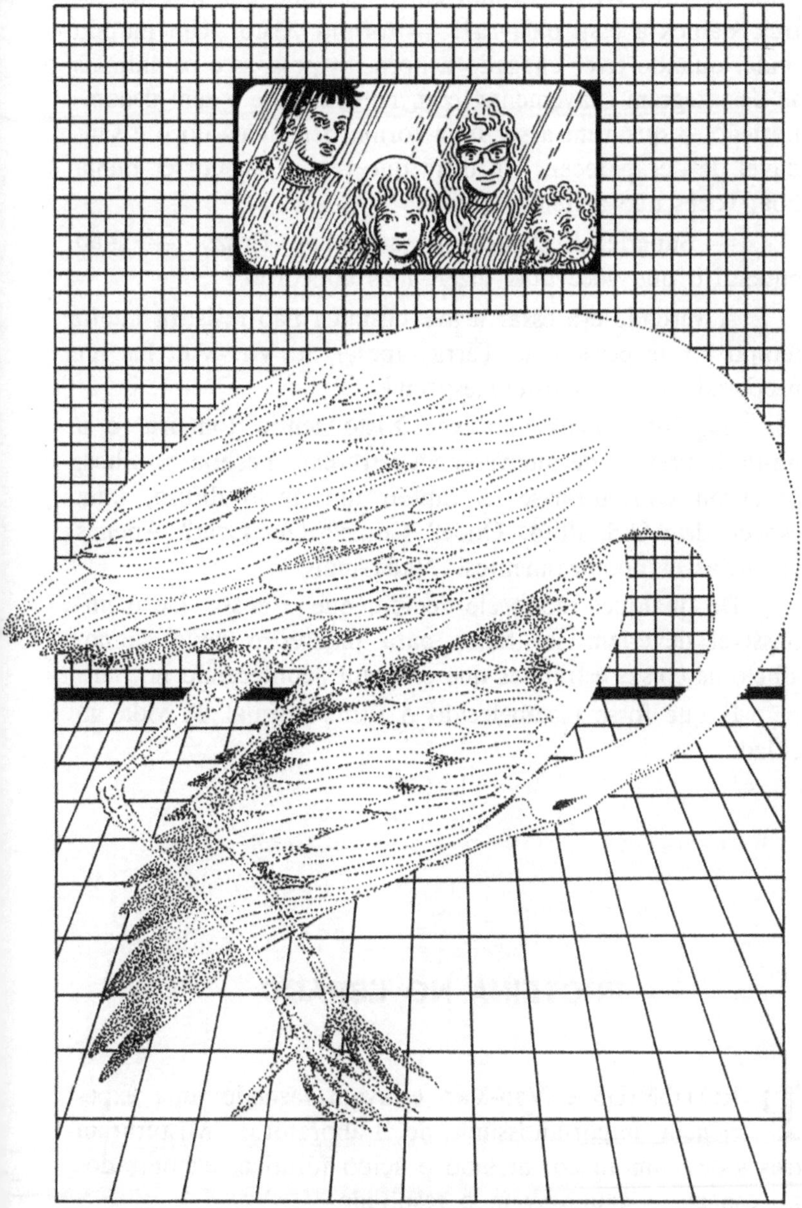

O pássaro continuou a se desintegrar suavemente à vista de Xisto, Bruzo, Van-Van e Protônius.

— Quem sabe se ela veio de um mundo mais elevado onde os seres vivos não morrem no sentido que nós, terrestres, damos a essa palavra?! — tornou Xisto. Um mundo onde, quando tiver chegado a hora, as pessoas e os animais se desintegrem suavemente, com naturalidade e sem decomposição, o que vem a ser uma forma bem mais doce e saudável de desaparecer. Eu diria que isso seria morrer numa boa, vocês não acham?

— Superlegal! Xisto! — exclamou Bruzo. — Não entendi o que você quis dizer, mas concordo.

A verdade era essa: a ave cósmica não resistira muito tempo ao ar pesado da Terra, apesar de Van-Van lhe ter preparado uma atmosfera especial.

Esquisito: mais uma vez Xisto sentiu tonteira, e a nítida impressão de interferência estranha. Fechou os olhos, procurou concentrar-se, e captou um apelo difuso, uma espécie de S.O.S. aflito. Onde? Como? Que fazer? Apenas aguardar os acontecimentos. Nada mais.

De qualquer modo ele decidiu que o possível e o impossível deveriam ser feitos para manter o povo calmo, alheio às coisas estranhas que estavam acontecendo no país. E que fosse restabelecido o ritmo normal da vida na cidade.

PROTEÍNA NO ESPAÇO

PROTÔNIUS e Van-Van estavam fazendo uma experiência importantíssima no Laboratório. Misturaram três gases: amoníaco, metano e ácido fórmico, encontrados no espaço, e aguardavam o resultado.

Da mistura resultou um líquido incolor através do qual fizeram passar uma corrente de altíssima voltagem.

Minutos depois — ó maravilha! — formaram-se vários aminoácidos, substâncias que se transformavam em proteína, a mais importante matéria viva! Ácidos glutâmico e aspártico, prolina, glicina e valina ali estavam, provando que — apesar da ausência total de água nas pesquisas, aqueles compostos que desempenham papel fundamental na origem da vida, podem se formar no espaço cósmico...

— Estupefaciente! — gritou o velhíssimo e barbudo Van-Van. E caiu duro, esticadinho, em sua cama automática. Refeito do tal faniquito, atirou-se aos braços de Protônius, desatando em lágrimas da mais perfeita felicidade científica...

— Mais uma prova de vida, no universo inteiro! — exclamou Protônius.

— Ó síndrome! Ó sublime ecologia orgânica! — repetia Van-Van, transfigurado.

Imóvel e muito azul, continuava o ovo do pássaro cósmico em sua estufa de calor artificial.

— Papai, você está pronto? — disse uma moça miudinha que acabava de chegar. — Já está na hora do teatro. Será que você se esqueceu de que hoje é a estreia de *Aventuras de Xisto*? Ouvi dizer que a adaptação ficou o maior barato. E eu tenho que chegar antes para ajudar o pessoal.

Protônius saiu do seu "êxtase glutâmico", trocou a roupa e partiu com a moça, rumo ao teatro.

— Vamos dar antes uma penteadazinha nesse matagal? — disse a filha, tirando da bolsa uma escova de cabelos e propondo a si mesma a dura tarefa de desembaraçar a emaranhada floresta de fios capilares em que se transformara a cabeça do físico nuclear.

SULCOS ESPIRALADOS

PASSAVAM-SE os dias. De vez em quando alguém via uma porta abrir-se ou fechar-se sozinha, sem que fosse o vento. Uma cozinheira queixou-se de que os bolinhos que acabara de fritar, estavam sendo erguidos e transportados no ar por mãos invisíveis. Xisto, que nunca perdia a calma, começou a registrar secretamente num caderno, todas as peças do quebra-cabeças que as circunstâncias lhe haviam obrigado a resolver. Os acontecimentos da festa da Ave Azul, sobretudo, o intrigavam; o disco que explodira na praia... O pássaro cósmico, que na festa do Jardim Botânico viera pelos ares, de asas fechadas e sem voar, até seu ombro, evidentemente transportado por mãos estranhas. (Mãos estranhas, como?, se ninguém vira ninguém.) As inexplicáveis interferências mentais bastante confusas; a rosa vermelha que deslizara SOZINHA pelos ares até chegar em sua mão... Misteriosas correntes magnéticas, quem sabe? Alguma força desconhecida, talvez. Mas por que tudo aquilo? Que papel representaria ele, Xisto, no caso? Sua responsabilidade era grande diante do povo que o escolhera como chefe.

Pensando nesses problemas, ele não percebeu que um casal de horteleiros já o aguardava na sala. Tinham uma granja ao lado do teatro e estavam se queixando de que, naquela noite, pessoas desconhecidas haviam destruído sua horta de alfaces e tomates, a maior do país, numa extensão de três quilômetros!

— Mas vocês não têm alguma pista? Nenhum indício? Encontraram marcas? — perguntou Xisto.

O horteleiro que era civilizado e inteligente começou a falar:

— Não estou entendendo nada. O chão ficou cheio de sulcos muito fundos em todas as direções. Sulcos paralelos, como se uma máquina espiralada estivesse passando por cima da plantação. E não levaram nenhum tomate ou pezinho de alface... Ficou tudo embolado no chão, misturado com terra.

— Ouviram algum barulho durante a noite?

— Sim, senhor Xisto — disse a mulher, tomando a palavra. — Meu marido tem sono pesado e dorme a noite toda. Eu não. Acordei lá pelas tantas ouvindo um barulho não muito forte, mas bastante esquisito.

— Esquisito, como?

— Fazia mais ou menos assim: inhec... inhec... inhec... inhec...

Xisto ficou pensativo:

— Estou espantado — disse ele. — Francamente não tou sacando nada. Vocês sabem que a maldade já quase não existe em nosso planeta. Todos se ajudam, e cooperam para o bem-estar comum. Como pode alguém, assim de caso pensado, destruir uma horta que iria beneficiar a todos? Isso é muito estranho. Vamos dar tempo ao tempo — terminou ele. E despediu-se dos camponeses.

— Sulcos espiralados... — repetia Xisto, enquanto se dirigia à vizinha Fábrica de Pastéis de Queijo, para provar, ainda quentinha do forno, sua comida predileta.

Iria na manhã seguinte examinar pessoalmente a granja de alfaces.

PEDACINHO DO QUEBRA-CABEÇAS

NO outro dia, quase de madrugada, Xisto em companhia do Ministro do Bem-Estar das Plantas, chegou à granja. O horteleiro levou-os à imensa plantação de tomates e alfaces, que se estendia a perder de vista. Os pés quase todos estavam murchos ou arrancados, além de outros como que pisados num chão ferido por sulcos profundos. Xisto com seu Ministro examinou as marcas, e chegou à conclusão de que não eram de nenhum engenho espacial, muito menos do caranguejo mecânico que trafegara pelo Jardim Botânico, durante a festa da Ave Azul e cujos vestígios eram quase imperceptíveis. De qualquer modo, resolveu mandar fazer uma busca geral em todas as grutas e recantos do país.

— Estranho, muito estranho tudo isso — repetia o Ministro do Bem-Estar das Plantas. E pensava... pensava... pensava...

Nada, absolutamente nada, fora encontrado. O próprio caranguejo mecânico terminara, por assim dizer, a sua missão: seus aparelhos já não funcionavam mais e Van-Van e Protônius nada de original encontraram nele. Certamente viera de algum asteroide de pouca importância. Xisto mandou transportá-lo ao Museu, o que foi feito no mesmo dia.

Exatamente um mês depois do acontecido, a mulher do granjeiro entrou na casa de Xisto aos gritos:

— Senhor Xisto! Senhor Xisto! Eu vi a "Coisa"! Ela voltou outra vez! — dizia ela em pânico, e com a fisionomia transtornada. — Meu marido ficou aterrorizado e está de cama, passando mal! — Bruzo, que assistia à cena, começou a tremer e a gaguejar. Tirou imediatamente do bolso seus comprimidos de Pavorex, tomou um, e deu outro à mulher. Esta, depois de chorar muito, começou a contar: estava dormindo, quando, altas horas da noite, foi despertada pelo tal barulho que fazia "inhec... inhec... inhec..." Criou coragem, levantou-se, acordou o marido e correu para a horta.

Havia lua cheia e eles então viram uma espécie de cobra grossa e comprida, toda retorcida em espirais a correr desatinada de um lado para outro, pela horta, como se fosse um arado fantasma. Depois sumiu na noite.

— Essa mulher endoidou! — pensou Xisto. — Só peço a Deus que eu não fique doido também. Preciso mais do que nunca de ter a cuca bem fresca.

Foi difícil sossegar a criatura e levá-la para casa. Xisto correu até a granja, cuja horta apresentava um aspecto ainda pior do que o da primeira vez: enfileirados, viam-se sulcos na terra, mas sulcos fundos, como se a "Coisa" fosse sólida, pesada e possuísse muita força! O mais esquisito é que fora da horta não encontraram sulco nenhum. Não havia marca de espécie alguma.

— Estranho, muito estranho tudo isso — repetia, como da primeira vez, o Ministro do Bem-Estar das Plantas. E não falava mais nada.

Uma expressão grave marcava o rosto de Xisto. Estaria ele diante de mais um pedacinho do quebra-cabeças?

Percebendo que os dois casos aconteceram à noite, ele determinou que a partir das dezoito horas toda a horta fosse cercada por uma verdadeira corrente humana. Centenas de voluntários se apresentaram. Tudo inútil. Não houve nada naquela noite e nem nas outras.

Havia lua cheia e eles então viram uma espécie de cobra grossa e comprida, toda retorcida em espirais...

Seria tudo fantasia ou delírio da granjeira? Mas... e os sulcos? Xisto fazia tudo para não alarmar seu povo.

De qualquer modo, fora suspensa a representação no teatro do próximo capítulo de *Aventuras de Xisto*, aquele em que Durga o converte em passarinho, e Minoco transforma Bruzo num recém-nascido. Um dos mais empolgantes, justamente.

NA PRAIA

XISTO tinha mesmo o mar no sangue... Gostava de andar pela praia como naquele dia, mergulhando e sentindo no corpo o contato da água salgada. Seus olhos sonhadores perdiam-se na imensidão azul, e ele respirava fundo o ar com excitante cheiro de maresia.

Sentado num rochedo, perto do lugar onde o disco voador se desintegrara, ele pensava preocupado nas coisas que estavam acontecendo. E não lhe saía do ouvido aquela melodia em fá sustenido que a Ave Azul cantava... O ruído monótono das ondas desmanchando-se na praia, acabou por lhe dar sono. E era belo ver adormecido aquele jovem de longos cabelos lisos, o rosto de feições regulares, recostado contra a pedra. Ainda quase um adolescente — dezessete anos apenas — e já com tão graves responsabilidades sobre os ombros!

Um puxão na roupa acordou-o. Olhou em volta e não viu ninguém. Esquisito... Sentira a impressão exata de que alguém lhe estivera sacudindo a manga do casaco... Seria pesadelo? A maré subia e chegou a molhar-lhe os pés. Então... então... então ele percebeu que estava sendo riscado na areia molhada, por um dedo que ele não via, um enorme desenho em forma de espiral, dentro de uma espécie de quadrado. O coração bateu-lhe rápido e ele ficou pálido.

— Quem está aí? — perguntou, com voz firme.

Silêncio total. As ondas, vieram, lamberam a areia, e desmancharam o desenho espiralado.

Silêncio, e nada mais. Apenas, e novamente aquela sensação de apelo aflito, de S.O.S... Xisto ainda ficou algumas horas no mesmo lugar, esperando alguma comunicação, fosse qual fosse.

Já à tardinha chegou uma onda, e atirou na areia, bem aos seus pés, um caramujo minúsculo. O moço tomou-o entre os dedos, e pôs-se a observá-lo, percebendo que o pequeno animal saía para fora. Seu corpinho gelatinoso e tão próximo do nada, pulsava desesperado como se aquele mundo diferente, no qual fora jogado, fosse hostil à sua natureza insignificante. Xisto comoveu-se, sentindo o mísero sopro de vida que pulsava em suas mãos. Angustiava-lhe a certeza da impossível comunicação. Afinal de contas, quem sabe? Deveria haver alguma coisa em comum entre eles, uma espécie de fraternidade interligando tudo o que nasce, cresce, vive e morre...

Bem que ele gostaria de contar ao indefeso irmãozinho os seus problemas. Mas... como? E para quê?

— Você está aflito... sente-se perdido, terminado, não é? Nada disso. Relaxe e volte numa boa para o lugar de onde veio — disse Xisto em voz alta.

Então, com inútil, infinita ternura, devolveu o caramujo ao grande, imenso mar.

Entardeceu. Xisto olhou para cima e viu que dezenas de formas luminosas — invisíveis durante o dia — vagavam pelo céu. E eram observatórios circulando ao redor do planeta, com instrumentos de navegação automática, câmaras de televisão e equipamentos para telemetria, satélites com receptores hipersensíveis, captando ruídos cósmicos.

— Como é grande a ânsia do universo em se comunicar, transmitir, descobrir, saber... Como tudo é maravilhoso e inquietante ao mesmo tempo — pensou ele, sentindo-se integrado no cosmos.

Chegara a hora de voltar. Que fazer, a não ser esperar? Mas esperar o quê? Já era noite e o mar estava escuro. Xisto não mais lhe via os contornos, mas sentia sua poderosa presença.

Pensativo, tirou do bolso um pacotinho de alpiste, comeu, e foi direto até a Fábrica de Pastéis de Queijo.

TERROR NO TEATRO

PASSARAM-SE quase quatro semanas e tudo estava aparentemente em paz, como se nada houvesse acontecido. A vida retomou seu dia a dia normal.

Xisto, porém, continuava inquieto, e esperava...

A representação do mais empolgante capítulo de suas aventuras — que fora cancelada devido aos acontecimentos — voltou a ser anunciada, em noite de gala. O teatro se achava totalmente lotado. Até o Professor Van-Van, que nunca aparecia nesses lugares, decidira comparecer. E foi de casaca, ostentando no peito a mais importante de suas condecorações: a de Cavaleiro da Ordem do Pastel de Queijo.

Os filhos de Protônius iam tomar parte na peça, e até o próprio Bruzo aceitara participar, fazendo o papel de Bruzo mesmo.

Apenas esperavam o convidado de honra — Xisto — que, por razão desconhecida, não estava sendo pontual como sempre fora. Depois de meia hora, começaram a achar esquisito o atraso, e Protônius e Bruzo foram saber o que estava acontecendo.

Ao chegarem na casa viram uma cena inexplicável: Xisto estava em pé, metido numa túnica de gala, mas paralizado, sem poder dar um passo!

— Que é isso? — gritou Protônius, assustado.

— Vocês chegaram no momento certo! Tou na pior! — exclamou ele rindo às gargalhadas. — Tou com indigestão de glória! E não aguento mais!...

— Como? — perguntou o sábio, entre curioso e aflito.

— As muitíssimas medalhas que cobrem minha túnica de cima a baixo, atrás e na frente, como você está vendo, pesam tanto que não consigo fazer o menor movimento! Só mesmo achando graça...

Protônius e Bruzo riram, e olharam mais uma vez para a comprida camisola, tão coberta de condecorações, que não sobrava nem um pedacinho sequer de fora para a gente saber de que pano era feita...

Protônius sabia o quanto Xisto era simples, modesto e não gostava de gabar suas vitórias. O povo, entretanto, delirava com os prêmios e medalhas de seu chefe, e exigia que ele as usasse nos dias de festa.

— Bruzo, meu velho — disse Xisto. — Veja se consegue com seu nunca assaz louvado muque, tirar de mim este camisolão... Consegui enfiá-lo só Deus sabe como! Se vocês não chegassem agora acho que eu morreria sufocado.

Bruzo fez esforço e, de um arranco, tirou o pesado fardo.

— Agora sim, eu sinto que sou eu mesmo, puxa vida!

Bruzo e Protônius, entraram no teatro acompanhando Xisto, alegre e descontraído por estar vestido como todo mundo.

* * *

O capítulo "Um Canário e um Recém-Nascido", acontecia numa praia deserta. O cenário estava perfeito. Graças à projeção de um audiovisual, a gente via o mar ao fundo e ouvia as ondas se arrebentando em espumas.

Xisto comoveu-se, assistindo à dramatização em teatro, do que lhe acontecera, quando Durga — "O Que Vê Sem Ser Visto" —, ameaçara torná-lo invisível.

Representando o seu papel, o filho de Protônius — vestido de Xisto — saiu correndo em direção ao mar, e — alucinado de pavor — atirou nas ondas o *Manual Secreto*. Xisto ficou arrepiado, lembrando-se da sensação que sentira, ao transformar-se em... passarinho: a boca encolhendo, endurecendo e se estendendo em bico; o bico de um... canário!

O palco escureceu, pois seria impossível reproduzir a cena da transformação de um moço em passarinho, e quando se iluminou outra vez a "metamorfose" já estava feita: apenas havia no palco, um canário amarelo voando pela praia. Durga saiu do palco, e entrou o próprio Bruzo para a próxima cena. Não tardou a chegar um vulto alto e magro, enrolado numa capa preta.

— Olha-me de frente, barrigudo! — berra o recém-chegado.

Bruzo reconhece Minoco, "O Senhor do Tempo".

— Que de-se-ja? — pergunta ele com aquela voz de falsete que sempre tinha quando estava com medo.

Minoco não responde. Apenas estende em sua direção os longos e magros braços, exclamando com voz firme e grossa.

— Ordeno que voltes aos primeiros dias de tua vida!

Como não seria possível — é óbvio — transformar, à vista do público, um homem num bebê, o palco escureceu outra vez, e quando se iluminou novamente, Bruzo desaparecera, e, em lugar dele, havia uma criança a se virar no chão envolta nas roupas enormes de Bruzo.

O menino — que teria menos de um mês — chorava, e se debatia irritado na areia, isto é, no assoalho do palco. O povo delirava e aplaudia.

Súbito, entre o barulho das palmas, Xisto, na plateia, começou a ouvir um ruído distante, que pôs seus cabelos em pé: ... inhec... inhec... inhec... Seria delírio, ilusão? Impressão nervosa?

O SACA-ROLHA

CONTINUAVA o espetáculo: o ator que fazia o papel de Minoco, "O Senhor do Tempo", dando uma gargalhada, dizia ao bebê:

— Não penses que vou jogar-te ao mar. Isso seria demasiado... rápido. Quero deixar-te nu e abandonado, até que a maré suba e as ondas te levem, pouco a pouco, para o fundo do abismo! Ou então, quem sabe! Talvez algum corvo faminto venha devorar-te as carnes tenras...

Assim dizendo, o artista que representava Minoco tirou o recém-nascido de dentro da roupa de Bruzo em que estava metido, e deixou-o nuzinho no chão de areia. Feito isso, afastou-se.

— Inhec... Inhec... Inhec... Inhec...

O ruído agora era mais forte, como se a "fonte" de onde ele vinha estivesse se aproximando.

O público não percebeu nada, achando que aquele barulho fazia parte da peça, e continuava olhando a criança iluminada pelos projetores. De repente ouviu-se um estalo numa das paredes do palco, seguido de várias rachaduras que foram aumentando e se desmoronando como se poderosa máquina estivesse forçando a entrada. Então, aos olhos perplexos do povo que lotava o teatro, a mais inusitada cena começou a acontecer no próprio palco e à luz dos refletores: fez-se em poucos segundos um grande buraco pelo qual veio rolando horizontalmente e em alta velocidade uma gigantesca mola espiralada, como se fosse uma espécie de saca-rolha de três metros de altura por dez de comprimento, rodando e rodando rapidamente no palco para lá e para cá, fazendo o ruído característico: Inhec... Inhec... Inhec...

A esse barulho, dois outros se juntaram: o da criança a chorar cada vez mais alto, e o da plateia a gritar no mais completo pânico. Súbito, o choro do bebê foi diminuindo, diminuindo, até sumir de todo. Uma coisa horrível acontecera à vista de todos: o Saca-Rolha — como a "Coisa" passou a ser chamada — parou um instante junto da criança e... absorveu-a, inteirinha, incorporando-a à sua própria estrutura! Incrível! A parte daquela espécie de cilindro flexível torcido em espiral que assimilara o bebê, ficou um

O Saca-Rolha investindo desenfreadamente pela parede oposta do palco, rompeu-a, e lá se foi rodando...

pouco mais gorda, e logo depois diminuiu como se a absorção houvesse sido feita rapidamente.

— A "Coisa" é viva! — exclamou Xisto, apavorado.

Segundos depois, o Saca-Rolha investindo desenfreadamente pela parede oposta do palco, rompeu-a, e lá se foi rodando, rodando desvairadamente caminho afora.

— Sigam o bicho! Sigam! — gritava Xisto.

E pedia calma ao povo. Que ficassem todos quietos em seus lugares. Bem se pode imaginar o verdadeiro pandemônio em que se transformara o teatro! O Professor Van-Van nem pôde acompanhar a cena toda. Mal viu o Saca-Rolha entrar no palco... tibum! Teve o tal faniquito e caiu esticado em sua cama portátil. Uns choravam, outros gritavam, e muita gente ficou machucada na pressa de sair.

Xisto e Protônius, tão logo conseguiram dominar um pouco a situação no teatro, correram para fora, com seus amigos, a fim de ver o rastro que o Saca-Rolha com certeza deixara no chão, e que poderia servir de pista até seu esconderijo.

Acenderam holofotes e lanternas procurando marcas. Esquisito: não havia o menor rastro, o mais simples vestígio... O teatro foi revistado canto por canto, gaveta por gaveta, armário por armário, e o subterrâneo se encheu de gente a vasculhá-lo em todas as direções. Não encontraram nada.

— Xi...i...i...sto, tem pena de mim, tou morrendo de me...do! — disse uma voz fininha de falsete.

Xisto virou-se e sorriu. Só poderia ser mesmo Bruzo, que tremia dos pés à cabeça.

— E o Treminho? E o Pavorex? Onde estão? — perguntou Xisto. — Nós sempre saíamos das nossas encrencas, Bruzo. Haveremos de sair dessa também. Deve pintar uma solução qualquer, puxa vida!

XISTO ENLOUQUECEU?

ALGUMAS pessoas supersticiosas chegaram a dizer que o país estava enfeitiçado. A Ave Azul, vinda do espaço, e que cantava em fá sustenido... os objetos que voavam pelos ares sem que ninguém os transportasse... É verdade que Xisto sempre procurara afastar sua gente dos perigos. Despistara, escondendo a própria aflição, e fingindo atribuir a fenômenos magnéticos desconhecidos, as coisas estranhas que vinham acontecendo no país depois que o disco voador se espatifara no mar. Chegara, entretanto, o momento de prevenir o povo, e alertá-lo, afastando as pessoas doentes e crianças da cidade. Fora isso o que ficara decidido numa reunião de emergência que Xisto promovera com Protônius, Van-Van, seus ministros e os representantes do povo. Todos corriam perigo, perigo iminente e imprevisível, pois o inimigo era misterioso e usava armas secretas. Inimigo no singular, ou inimigos no plural? Ninguém sabia. No dia seguinte, os doentes e as crianças foram levadas para o interior do país. Na capital continuaram apenas Xisto, Bruzo, Van-Van, Protônius, os homens da cidade, além de mulheres médicas, enfermeiras, e das que quiseram ficar.

* * *

Naquela noite nada aconteceu. Nem na outra, nem na outra. Xisto, em reunião permanente com Van-Van e Protônius, procurava achar uma explicação para a incrível cena do teatro.

Não chegaram a nenhuma conclusão definitiva; apenas ficara provado que se tratava de ser vivo, e não de objeto ou engenho interplanetário. Qualquer suposição esbarrava no fato de o Saca-Rolha não ter sido encontrado em parte alguma, apesar das buscas incessantes. E, não deixara mais sulcos espiralados no solo, como acontecera em sua primeira aparição.

Teria ele alguma ligação com o ovo azul, que continuava cada vez mais azul no Laboratório de Van-Van? Nada disso. Lá estava ele, do mesmo jeito, tal qual fora colocado na estufa. Teria gorado? Ninguém sabia.

Uma semana depois, a gente que ficara na cidade, presenciou, uma cena inexplicável: Xisto sozinho e silencioso, andando aos arrancos, meio tonto e cambaleante... assim como se estivesse sendo... empurrado! Ou então, como se houvesse bebido muito e ficasse embriagado...

Impossível, pois ninguém jamais o vira nessas condições. Protônius chegou a pensar que Xisto fora atacado de alguma perturbação neurológica que lhe estivesse descoordenando os movimentos... Resolveu segui-lo discretamente e viu que entrava na Pastelaria.

— Como é glutão, o nosso querido Xisto! — exclamou ele. — Não dorme de tantas preocupações, e assim mesmo não deixa de comer os seus pasteizinhos de queijo!...

XISTO ADIVINHA O PRÓXIMO ATAQUE

XISTO começou a ficar misterioso. Falava pouco, parecia distraído pensando... pensando. Bruzo, que conhecia bem seu amo, desconfiou que havia alguma coisa no ar. Sabia também que depois de ouvir um e outro, e de estudar bem o caso, ele sempre acabava decidindo tudo no final.

— Fiquem todos prontos para o que der e vier na próxima semana — disse ele. — As pessoas que quiserem, poderão sair da cidade.

— Por quê? — indagou Protônius.

— O Saca-Rolha é capaz de pintar por aí na terça-feira.

— Onde?

— Não estou entendendo bem.

— Mas como é que você sabe? Quem lhe contou?

— Palpite talvez... Sei lá... Vamos ver...

Quando chegou terça-feira, a cidade ficou vazia. Algumas pessoas foram para o interior, outras se fecharam em suas casas, e ainda outras, mais curiosas ou corajosas, andavam pelas ruas, esperando o acontecimento. Aliás, grande tolice fizeram os que se trancaram em seus quartos. Enganavam-se acreditando estar protegidos. A tragédia do teatro provara isso. Para o Saca-Rolha não havia barreira que ele não furasse!

— Andem à vontade na cidade, mas só até às dezessete horas — recomendava Xisto.

Intrigado com as atitudes de seu chefe, o povo não sabia o que pensar. Muito estranha, especialmente, tinha sido certa determinação de Xisto: ordenara a instalação em toda a cidade de potentíssimos refletores e movimentara os engenheiros eletricistas para que inventassem, criassem um processo qualquer capaz de provocar, à simples pressão de um botão, um... dia artificial!... Uma claridade imediata e tão forte que pudesse ser confundida com a irradiação solar! Protônius colaborou na execução do projeto, sem saber a razão dele, e sem perguntar nada. Na terça-feira estava tudo pronto. A determinado sinal convencionado de Xisto, Protônius deveria apertar o botão e a luz explodiria. E todos os que ousassem ficar na rua, deveriam se envolver — como o próprio Xisto — em grossos macacões de couro reforçado.

XISTO EM PERIGO

COMEÇOU a escurecer. Uma grande tensão tornava a cidade como que pesada, e o ar difícil de ser respirado.

Oito, nove horas e. . . nada. Xisto, Bruzo e umas cinco centenas de homens vestindo macacões de couro e armados de espingarda, esperavam os acontecimentos na praça, onde também ficava o teatro. Uma iluminação discreta deixava apenas perceber as coisas.

Poucos minutos antes das onze, começou o barulhinho que foi indo num "crescendo": Inhec. . . Inhec. . . Inhec. . . Inhec. . .

Então, diante de todos aqueles homens, veio rolando pelo chão, sempre em linha horizontal, uma espécie de cobra grossa enorme e horrorosa com o corpo em forma de espiral, como se fosse um saca-rolha.

Xisto pedira que só atirassem com sua ordem. Dois homens, entretanto, não se contiveram, e dispararam suas armas. Os tiros atingiram a "Coisa" fazendo-lhe dois grandes buracos no corpo.

— Mataram-no! — gritaram alguns.

Qual nada! A "Coisa" parecia invulnerável, e mais forte do que nunca, veio rolando desenfreadamente para lá e para cá.

Esbarrando num poste, parou de repente e passou da posição horizontal para a vertical, enrolando-se no tal poste de cima a baixo! Xisto que estava ansioso por ver de perto o "Saca-Rolha", foi se aproximando... aproximando... Como se tivesse percebido sua presença, a "Coisa" desenrolou-se imediatamente, e saltou-lhe em cima, envolvendo-lhe o corpo. Xisto soltou um grito e deu o sinal combinado para a explosão do "dia artificial".

Entretanto... qualquer coisa não funcionou bem na hora, e o recurso falhou. Enquanto isso, grudado ao corpo de Xisto, o "Saca-Rolha" começou a apertá-lo com seus anéis. A pobre vítima tentou arrancar o cilindro horrendo, lutando como podia. Inútil: a força da "Coisa" era quase sobre-humana. Bruzo, num ímpeto, atirou-se a ela com fúria conseguindo sustá-la, mas sem conseguir despregá-la do corpo de Xisto. Apavorado, o povo assistia ao acontecimento. Protônius teve então um impulso genial: insistiu na ligação do dia artificial e dessa vez deu certo. Os aparelhos funcionaram e um glorioso sol elétrico surgiu iluminando tudo como se fosse o próprio dia. No mesmo instante, o Saca-Rolha amoleceu todo, e caiu no chão.

— Vencemos! — gritou Protônius emocionado.

Puro engano! A "Coisa" recobrou repentinamente as forças, endureceu outra vez, e lá se foi rolando desabaladamente pela praça afora. Metade do pessoal correu atrás do cilindro que fugia numa velocidade impossível de ser alcançada. Chuva forte caiu nesta hora, desmanchando as prováveis marcas do Saca-Rolha. E ninguém viu nem soube de nada.

Protônius e Bruzo, ajoelhados junto de Xisto, que estava desmaiado no chão, examinavam os ferimentos e contusões no quase esmagado corpo de seu chefe.

— Aquilo é assombração! — repetia Bruzo, com os olhos quase saindo das órbitas.

— Calma! — tornou Protônius. — Você se esquece de que estamos em pleno século do átomo. Deve haver alguma explicação científica, mesmo absurda até, para o que estamos assistindo...

— Que é isso, então?

— Nada sei, mas posso garantir que Xisto sabe, e se não sabe, está a caminho de saber... se é que vai continuar vivo...

Os médicos que examinaram o doente acharam que era grave seu estado. Diagnóstico: várias costelas quebradas, fraturas diversas, hematomas pelo corpo todo e traumatismo emocional. Xisto — que estava em estado de choque — foi cuidadosamente transportado até o hospital. Protônius se encarregou de tomar todas as providências, e ficou, por assim dizer, chefiando o país.

Mas, como enfrentar novo ataque do Saca-Rolha, que certamente viria, ninguém sabe quando? Van-Van nesses casos, em vez de ajudar, atrapalhava, coitado. Só naquela noite do teatro tivera nada menos que três faniquitos encarrilhados... Melhor ficar enfiado no Observatório, a olhar os astros, ou então, fechar-se no Laboratório e estudar fórmulas químicas.

Depois de ficar inconsciente durante uma semana, Xisto voltou a si e logo perguntou:

— Que dia do mês é hoje?

— Dia nove — disse a filha de Protônius que estava cuidando dele.

A resposta como que o tranquilizou. Xisto sorriu para a namorada e adormeceu outra vez de mãos dadas com ela.

LEITE SOLTO NO AR...

PROTÔNIUS resolvera transportar Xisto — cujo organismo começara a reagir favoravelmente — para uma pequena fazenda junto da cidade.

Bruzo, que não abandonava o amigo fiel, acompanhou-o.

Uma das primeiras providências do sábio foi mandar reforçar as paredes do casarão da fazenda onde Xisto se achava, da Pastelaria e Usina de Leite, dos hospitais, do Museu da cidade, do Observatório e Laboratório, e das residências das pessoas que insistissem na loucura de continuar na cidade. Sim, pois o lugar parecia dominado pelo absurdo... Sim, absurdo. Quase todo dia Protônius recebia as queixas mais esquisitas: uma mulher despejara leite num copo e o colocara na geladeira. Horas depois, quando abriu o refrigerador para bebê-lo, o copo voou sozinho no ar, lentamente, parando a uma certa altura. Ficou então em posição horizontal, sem que o líquido caísse no chão, como seria natural, pela força da gravidade. Em vez disso, o leite foi saindo do copo, escorrendo um pouco para baixo e parando no meio do caminho. Pouco depois, o copo vazio voou até a mesa, fixando-se em cima dela. Enquanto isso... uma mancha branca solta no ar — a mancha do leite — foi se afastando, sempre no mesmo nível até... saltar pela janela. Protônius apenas registrou o fato. Que poderia fazer ele mais do que isso? Nada. Dias depois, o servente de uma escola, cujos alunos tinham se transferido para o interior do país veio contar que, indo fazer a faxina no colégio, encontrara

O copo voou sozinho no ar, lentamente, parando a uma certa altura.

um desenho desconhecido feito a giz no quadro-negro da sala de biologia: uma cobra espiralada riscada dentro de uma espécie de quadrado!

Protônius sentiu um arrepio de terror, mas não contou nada a ninguém. Apenas Xisto deveria saber do caso, quando chegasse a ocasião oportuna, é claro.

* * *

Enquanto isso, o doente, que já estava quase bom, mas ainda em repouso, começou a dizer que estava se sentindo mal.

— Pastéis de queijo!... Leite! Leite! — repetia ele, delirando em voz alta.

— Nosso chefe teve uma recaída, ao que parece. Está outra vez com febre alta! — comentou Protônius preocupado.

E pediu à sua filha — enfermeira de Xisto — que lhe desse o remédio indicado pelo médico. O moço acabou dormindo. A filha de Protônius ficou uma porção de tempo olhando o rosto de feições másculas, e que conservara ainda uma certa expressão de pureza. A moça sentiu um aperto no coração e passou a mão de leve naqueles cabelos que — ela bem o sabia — escondiam no meio uma pena amarela... E se um dia ela tivesse um filho de Xisto? Será que o bebê nasceria com uma peninha amarela entre os cabelos? Haveria de ser bem engraçado até...

No dia seguinte, Xisto já estava muito melhor.

Quando a moça saiu do quarto, entrou pela janela um canário trazendo no bico um pêssego. O passarinho voou até o leito, e pôs a fruta nas mãos de Xisto. Ele sorriu e acariciou a cabecinha de seu amigo emplumado, alisando-lhe as penas. Raro era o dia, em que alguma ave não lhe vinha trazer uma uva, uma jabuticaba, um figo.

De manhã, Van-Van chegou à fazenda a fim de visitar Xisto. Mal entrou, todo mundo ficou espantado. É que o sábio, mais distraído do que nunca, usava o paletó de fraque, mas estava de cuecas: esquecera-se de pôr as calças! Pobre Van-Van! Parecia mesmo um palhaço de circo, assim com as compridas barbas alvíssimas, as pernas magrelas e peludas de fora, como dois caniços! Bruzo logo providenciou a peça que faltava.

A namorada de Xisto ofereceu-lhe pastéis de queijo.

— Gratíssimo pela dádiva de tão capitosa lambédine*! — disse o sábio, aceitando um. Apraz-me saber que os esculápios exararam parecer constatando equilíbrio físico do nosso chefe!

— Agora vamos às novidades — começou Xisto, já recostado numa poltrona.

Van-Van então, em sua linguagem empoladíssima, contou que, havia mais de uma semana, os receptores hipersensíveis de seu Observatório estavam captando ondas eletromagnéticas que ele não estava conseguindo interpretar.

— E o ovo do pássaro cósmico? — indagou Xisto, de repente.

Van-Van contou-lhe que continuava imóvel na estufa, cercado de cuidados. Xisto pensou calado, que a ave azul em sua tão efêmera passagem pela terra, certamente representava peça importante naquele intrincado quebra-cabeças que a ele, somente a ele, cabia resolver. Se Deus o ajudasse, é claro.

— Teria o ovo gorado? — perguntou Xisto a si mesmo, em voz alta. — Mas diga-me uma coisa, Van-Van — isso

(*) Iguaria.

é importante — de que planeta, de que mundo, teriam sido emitidos os ruídos?

O sábio não soube responder. A alteração inexplicada nos meios de comunicação interplanetária permanecia, atrapalhando qualquer possibilidade de esclarecimento.

UM POUCO DE PAZ

POR incrível que pareça diante das circunstâncias — foram dias felizes os que se seguiram. Tudo estava em paz com a natureza e os seres. Xisto avisara que o Saca-Rolha só voltaria a atacar dentro de duas semanas.

— Como é que você sabe? — perguntou Protônius, entre curioso e admirado.

Xisto não respondeu. Sorriu apenas...

Quanta tranquilidade! Dir-se-ia que o mundo parara, e que nada mais de importante estava sucedendo.

O médico recomendara a Xisto ar livre e pequenas caminhadas a pé. Todas as manhãs o convalescente andava pelo campo, acompanhado de sua namorada e enfermeira. Calados, tontos de felicidade, lá iam eles pelo bosque, mãos nas mãos, olhos nos olhos. Voavam pelo espaço, desligados de tudo, vagando por algum planeta distante, sabe-se lá de que desconhecida galáxia.

E — por incrível que pareça — Xisto naqueles breves momentos, conseguiu esquecer que o terror andava solto pelo seu país, e que ele chamara a si a solução do problema. A moça, feminina e frágil, recostou a cabeça no peito de

Xisto, como que dizendo: com você estou protegida, não tenho medo de coisa alguma.

* * *

Naquele dia Xisto saíra só. Como sempre acontecia, alguns pássaros amigos vieram lhe pousar nos ombros. Dessa vez eram um sabiá e um tico-tico. Agora sim, Xisto tinha um pouco de tempo e calma para lhes ouvir as conversas:

— Você vai à festinha na casa de João-de-Barro?

— Acho que não, a árvore é longe e estou com um pouco de dor nas asas. Vou morrer se for até lá...

— E o tal Saca-Rolha? Você não acha que ele está bagunçando completamente o país? Esta cidade está ficando uma verdadeira droga! Se não fosse por Xisto, eu já teria voado para longe!

O tico-tico ficou calado alguns instantes, depois piou:

— Desconfio que até o Saca-Rolha também é doidinho por pastéis de queijo!

— Como é que você sabe?

O tico-tico segredou qualquer coisa aos ouvidos do companheiro, que acabou soltando uma gargalhada:

— Pastéis de queijo! Pastéis de queijo! — repetiu ele num pio fininho. — Este país vive dominado pelos pastéis de queijo!

— Você não sabe da última — continuou o sabiá.

— Conte, que sou louco por fofocas — tornou o tico-tico.

— Canário Zezé outro dia comeu pimenta pensando que era frutinha vermelha, e começou a voar de costas, em marcha à ré, soltando fumaça por todos os lados...

— Mas essa é um barato! Superlegal, poxa! — exclamou o tico-tico, divertido.

Passou uma pomba muito roliça, de penas cor de mel. O sabiá que era metido a conquistador, foi logo atacando:

— Louraço! — exclamou ele, entusiasmado, e em voz alta, fixando-a ostensivamente de cima a baixo, isto é, do bico às patas.

— Afasta-te satanás! — exclamou a pomba, que era emburrada e não gostava de paqueras. E voou para longe.

— Bem — disse o sabiá. — Já vimos que Xisto está sarando. E agora, que tal um voozinho até a granja ali do lado?

— Alpiste de graça? — perguntou o tico-tico, malicioso.

— Nada disso. Soube que chegaram umas rolinhas bonitas lá do interior, e estou querendo dar uma olhada no "material"... Todas de peito estufado, imagine que legal!

— Peito estufado? Mas isso é uma coisa muito séria!

— Vamos lá.

— Claro! Não pense que sou bobo como o Galo-da-Serra, que, depois que a ave azul desintegrou, nunca mais olhou para passarinha alguma.

Xisto, que estava entendendo tudo (que saudades de seus tempos de canário!), começou a rir, tirou do bolso um punhado de alpiste e, com a mão em concha, ofereceu-o aos amiguinhos emplumados. Pouco depois o sabiá e o tico-tico decolaram, rumando para a granja, atrás das tais rolinhas de peito estufado.

Xisto continuou seu passeio, quando de repente começou a ouvir fraco primeiro, mais forte depois — aquele ruído que já tão bem conhecia e que lhe punha o coração em disparada.

— Inhec... Inhec... Inhec... Inhec...

O Saca-Rolha!... Num misto de surpresa e terror, o moço começou a exclamar em voz alta:

— Mas isso não é possível, meu Deus! Será que estou seguindo pista errada? Segundo meus cálculos, só daqui a oito dias é que o Saca-Rolha viria!

— Inhec... Inhec... Inhec... Inhec... — Dessa vez o ruído se fazia em tom ligeiramente mais fino.

Lívido, Xisto olhava em direção ao ruído, lembrando-se de que estava completamente desarmado e sem a menor proteção naquele momento. O barulho foi se aproximando... aproximando, até que... Xisto deu um grito, e soltou, lá do fundo do peito, um "uf" de alívio. Tudo não passara de coincidência: apenas lá vinha vindo certo rapazinho a dirigir uma espécie de carroça que ele mesmo inventara, e que tinha grandes rodas muito apertadas, que rangiam, fazendo o tal sinistro ruído. E o jovem que dirigia a carroça ao passar por Xisto e cumprimentá-lo, jamais poderia suspeitar a razão pela qual o chefe de seu país estava tão pálido!

E Xisto começou a rir sozinho, sentindo que já estava quase bom. Um pouco cansado, recostou-se no tronco de uma grande e velha árvore, ouviu um barulhinho e olhou para aquela direção.

Viu então que no galho ali bem junto, havia um ninho, e que dentro dele se achava um Beija-Flor a chocar os seus ovinhos. O macho, pousado à beira do ninho, conversava com a futura mãe de seus filhotes:

— É verdade que você anda enjoada sem vontade de comer nada?

— Só tou com vontade de comer coisas esquisitas...

— O que, por exemplo?

— Fritada de bundinha de marimbondo. Mas tem que ser de marimbondo africano!

— Mas que desejo doido, puxa vida!

— Se eu não comer esse negócio, acho que os meus ovos goram... Isso ou então... ou então...

— Ou então o quê?

— Macarronada de minhoca! Mas tem que ser de minhoca de barriga amarela!...

— Deixe de besteira — disse o macho. — Tanto passarinho morrendo de fome por falta de comida, e você aí com essas frescuras!...

Xisto sorriu e foi embora sem ouvir o fim da conversa.

RECADOS DO ESPAÇO

AQUELE *intermezzo* ligeiro entre acontecimentos trágicos, e sobretudo os dias calmos passados perto da natureza, fizeram bem a Xisto, que já estava ansioso por retomar o pulso da situação.

A primeira coisa que fez ao deixar a fazenda, foi convocar uma grande equipe de astrônomos, físicos nucleares, astrofísicos, bioquímicos e peritos na interpretação de sinais procedentes do espaço cósmico através das mais avançadas técnicas conhecidas até então, todos sob as ordens de Protônius e Van-Van.

Faltava apenas uma semana para o novo ataque do Saca-Rolha — e Xisto — que continuava misterioso quanto aos motivos que lhe permitiam afirmar isso — promovera uma mobilização total no sentido de pesquisar o espaço. Ele pressentia, ele sabia que os terríveis fatos que haviam desabado sobre o país, haveriam de ter uma origem extraterrena.

Foi aumentado o número de satélites com receptores hipersensíveis, tendo sido construídas poderosas antenas em forma de disco voltadas para as estrelas. E era belo ver aqueles homens, atentos, e ai... tão frágeis! — mergulhados no trabalho, com todos os sentidos voltados para os astros. Xisto não saía do Observatório Astronômico, e Van-Van e Protônius corriam de um lado para outro, buscando, escutando, interpretando. Mensagens-luz eram captadas. Começaram a ouvir sinais repetidos a intervalos regulares, provenientes de uma sonda cósmica, enviada havia dois anos, por Van-Van, ao espaço cósmico.

— Breve ultrapassará nossa galáxia — exclamou Protônius emocionado.

A nave espacial que estava passando a cerca de cem mil quilômetros de certo grande planeta, levava a bordo instrumentos para estudo de sua temperatura, da intensidade das radiações e dos campos magnéticos, além da composição química de sua atmosfera.

— Irradia espantosa energia! — gritou Protônius, excitadíssimo.

— Amoníaco! Metano! — exclamavam os astrofísicos, enquanto iam computando as informações recebidas.

— Constatamos a presença de oxigênio e, caso este entre em combinação com o hidrogênio, pode-se afirmar que existe água nesse distante planeta!

Van-Van, em pleno acesso de faniquito, não via nem ouvia nada do que seus colegas diziam. A emoção havia sido forte demais! Sim, pois fora ele quem projetara e construíra a sonda espacial. E fizera isso de modo tão perfeito que o engenho conseguira atravessar, ileso, um enorme e perigosíssimo anel de asteroides, que descrevia um círculo ao redor do Sol, e era constituído de milhões de fragmentos de diversos tamanhos, desde partículas de pó, até desolados planetoides de quinhentos quilômetros de diâmetro.

Tudo isso era realmente extraordinário. Dois dias depois, os sensibilíssimos aparelhos do Observatório, começaram a captar ruídos estranhos e leves, e sons longínquos vagamente modulados.

— Estamos registrando sinais da estrela mais distante deste planeta — disse Protônius com voz grave. — E ela vai se afastando de nós a quase trezentos mil quilômetros por segundo!

O momento era solene, e profundo o silêncio. Quem sabe? Talvez naquele momento, mentes sem corpos, culturas extragalácticas estivessem tentando se comunicar.

Difícil, quase impossível, entretanto, interpretar aquelas mensagens, que pareciam cifradas... E tudo ficou na mesma, tudo se perdeu na distância infinita do cosmos...

No sexto dia — véspera do ataque do Saca-Rolha — a equipe de sábios do Observatório apresentou o resultado das pesquisas. Uma palavra apenas fora nitidamente captada: pássaro. O resto era confuso, e absolutamente intraduzível.

— O Pássaro Azul! — exclamou Xisto. — Bem sei que ele teve parte importante nessa história toda. Mas não entendo como, pois esse elemento não confere, não se ajusta aos outros. Pelo menos aparentemente.

Preocupado, ele saiu do Observatório. E repetiu-se a cena esquisitíssima presenciada semanas atrás: Xisto começou a andar como se fosse um autômato, ou como se estivesse sendo teleguiado, virando aqui e ali, e foi tropeçando até tomar a direção da praça do teatro.

O NOVO ATAQUE

MAIS estranha ainda fora a recomendação que Xisto fizera para o dia seguinte: deviam todos — mas todos mesmo — inclusive ele, abandonar a cidade à tarde deixando o lugar completamente vazio à noite.

— Que ideia, Xisto! — disse Bruzo. — Não é para amanhã que você marcou o novo ataque do Saca-Rolha?

— Eu marquei? — repetiu Xisto com ar irônico e propositadamente inocente.

— Quer dizer que deveremos desistir de tudo, não é?

— Pelo contrário. De hoje para amanhã é capaz de pintar alguma coisa interessante.

— Mas como, se você não vai estar aqui para ver?

— Bruzo, para de chatear a gente e não faça perguntas. Fique aí quietinho... bonzinho, tá?

Os companheiros de Xisto também acharam estranha a sua atitude, pois a impressão que se tinha era a de que ele, de repente, se havia desinteressado de tudo.

— Nosso chefe sabe o que faz, e nunca nos falhou — finalmente pensaram.

Acompanhados do próprio Xisto, todos os habitantes da cidade trancaram suas casas (inútil precaução!), e se afastaram da capital. O luar derramava-se pelas ruas, dando à paisagem um ar misterioso, quase sobrenatural. Não se ouvia um ruído sequer. Dir-se-ia que a cidade, assim deserta, adquirira um clima de sonho, ou melhor, de... pesadelo. Algo de mau pairava sobre aquela atmosfera leve, entretanto, como se alguma coisa terrível estivesse prestes a acontecer.

Mas o que aconteceu ninguém viu, e só soube na manhã seguinte. Xisto e seus companheiros deram gritos de espanto, voltando ao lugar onde outrora existira uma bela capital.

A que ficara reduzida a cidade, meu Deus!

Escombros, apenas, e, aqui e ali um ou outro prédio, cujas paredes haviam sido reforçadas: o Observatório Astronômico, o Laboratório, a Pastelaria (como poderia Xisto passar sem os seus pastéis de queijo?).

Ruínas sobre ruínas misturadas com árvores derrubadas. Mas, no meio de tanta desolação, havia uma coisa linda: o canto vibrante da passarada que revoava sobre a cidade como que comentando em sua língua ornitológica os inexplicáveis acontecimentos. E... viam-se riscos espiralados muito fundos, recortando a cidade em todos os sentidos, desde a praça até o outro extremo, como se um enorme e fortíssimo engenho tivesse rodado pelo chão com violência e em todas as direções! Do próprio Saca-Rolha... nada! Isso era ainda mais intrigante do que tudo, pois realmente não havia um lugar sequer onde ele pudesse ter entrado para se esconder!

— É assombração! — berrou o gordo Bruzo, tremendo.

— Veio do espaço, e para lá voltou! — disse alguém em voz alta. Outros rodearam Xisto em silêncio, lançando-lhe olhares aflitos e indagadores.

— Minha gente — disse ele. — Confiem em Deus primeiro, em Van-Van, Protônius e em mim, depois. Agora quero ficar só. Preciso ler com calma um certo livro.

Assim dizendo, ele tirou de sua malinha portátil um grosso volume, e se afastou até o lugar onde, até a véspera, existira um parque. Um dos bancos permanecera intacto, e foi nele, entre árvores e arbustos derrubados, que Xisto se instalou, para espanto de todo mundo. Como poderia alguém, num momento desses, e numa situação daquelas, ter calma e sobretudo disposição para ler romances, contos, ou fosse lá o que fosse? Mais tarde iriam compreender tudo.

Após meia hora de leitura, o jovem levantou-se com os olhos brilhando como nunca. E havia em seu rosto uma expressão de ansiedade jamais vista!

— Xisto enlouqueceu mesmo! — exclamaram todos.

— Nada disso — disse Protônius. — Vamos ver em que dão as coisas.

Xisto aproximou-se e disse: — Preciso pensar muito esta noite. É bem possível que amanhã vocês tenham uma surpresa de cair o queixo.

— Será alguma coisa ligada ao Saca-Rolha? — perguntou alguém.

— Talvez! — disse Xisto, lacônico.

MAÇARICO

NINGUÉM conseguiu dormir direito aquela noite. Xisto passou-a em claro. Cedo, pediu que se reunissem todos na praça.

— Meus amigos — começou ele. — É bastante complicada a nossa situação. Se meu pressentimento e meus cálculos derem certo, na melhor das hipóteses, a metade de nossos problemas estará resolvida. Só a metade, mas numa boa. Vocês topam?

— Pode contar conosco. Mas o que é que a gente deve fazer?

— Os corajosos que me sigam até a Pastelaria.

— Será que, numa hora dessas, Xisto ainda pensa em comer pastéis de queijo? — comentou alguém, baixinho.

Protônius, Van-Van, diversos astrofísicos e uma boa parte do povo, entraram na Pastelaria, e chegaram até à Usina de Leite instalada no fundo de uma sala que dava para a rua. O grande tanque estava muito cheio. O leite era constantemente submetido a cargas de ultrassom que impediam a sua deterioração, tornando desnecessário o periódico esvaziamento do depósito para limpeza.

Quase todos os homens estavam armados, alguns levavam até facas.

— Joguem isso tudo fora! — disse Xisto. — Não é com espingardas que vamos vencer o Saca-Rolha. Tiro não adianta nada nesse caso.

— Como é que nós vamos dar cabo dele então?

— Com isso! — tornou Xisto, levantando a mão e colocando-a na testa. — Com isso e com este maçarico. — E apontou para uma espécie de tambor feito de aço, cheio de certo gás inflamável, de grande poder calorífico, que Bruzo acabara de carregar para perto do tanque. Do bujão saía um tubo de plástico em cuja ponta existia um bico de metal, que podia ser controlado manualmente, isto é, aberto ou fechado, à vontade.

— Mãos à obra! — disse Xisto, com voz firme, mas um pouco trêmula.

— E que Deus guie meus gestos! — Assim dizendo, segurou o tubo do maçarico, apertou-o e, com o bico aberto fez três enormes cortes — um horizontal e dois verticais — na parede frontal do imenso tanque, que oscilou, desgovernou-se e caiu pesadamente no chão, enquanto a sala ia sendo rapidamente invadida pelo leite, que acabou encharcando tudo... Ouviu-se um grito de terror:

— O Saca-Rolha!

Enorme e horrendo, lá estava, bem no meio da parede do fundo, a misteriosa criatura, com aquele corpo espiralado a rodar, desenfreado, para lá e para cá, derrubando e mesmo matando algumas pessoas. Sua fúria foi breve, entretanto. Pouco depois, começou a dar saltos muito altos, mas vagarosos, como que em câmara lenta. E soltava, quase em surdina, aquela espécie de ronco: inhec... inhec... inhec... inhec...

— Lincha! Lincha! — berrava o povo. — Morte ao Saca-Rolha!

— Não atirem! Não toquem nele! — gritava Xisto, todo lambuzado de leite. — Tiros não o atingem!

— Como é que vai acabar então? — perguntaram.

— Por si mesmo. Deixem-no como está.

— Vingança! — exigiam alguns. — Vamos estraçalhar esse monstro!

Enorme e horrendo, lá estava, bem no meio da parede do fundo, a misteriosa criatura...

— Não e não! — gritou Xisto, com energia. Em seguida, emocionado, e com os olhos ligeiramente úmidos, se pôs a olhar surpreso e quase com ternura, para aquela pobre aberração da natureza, que estrebuchava em estertores cada vez mais lentos, cada vez mais fracos. E assim foi indo, foi indo, até ficar inerte no chão. Dir-se-ia uma longa, compridíssima cobra, grossa e de cor cinza-esbranquiçada apenas... Imóvel. Silenciosa...

E, naquela hora, mais forte do que nunca, Xisto sentiu aquela espécie de perturbação mental que o afligia de vez em quando, como se seu cérebro fosse um radar e alguém estivesse tentando se comunicar através dele.

RACIOCÍNIO E AMINOÁCIDOS

O aspecto da grande sala do tanque era o pior e o mais confuso possível. O leite subitamente derramado, escorrera pelo chão e encharcara a roupa de muita gente. Quem não ficou ensopado, tinha pelo menos os sapatos molhados e o rosto salpicado de branco.

— Queremos uma explicação! Queremos uma explicação! — repetia o povo.

Xisto, depois de determinar a imediata remoção dos — como diremos? — "despojos" do Saca-Rolha para o Laboratório, prontificou-se a responder às perguntas do povo.

Pediu-lhe, entretanto, que esperasse o resultado da análise bioquímica a que iria ser submetido um fragmento do... corpo do Saca-Rolha.

— Conte! Conte! Não aguentamos esperar — repetiam todos.

— Meus queridos, não há mesmo outra coisa a fazer senão esperar! Numa boa, tá? Da composição química dessa... criatura depende a confirmação e a certeza de todas as minhas conclusões. Paciência!

Vendo que não havia mesmo outro jeito, o povo sossegou, e espalhou-se pelos arredores, sentando-se em cima das ruínas das casas derrubadas, esperando o resultado.

No Laboratório de Análises, a excitação era enorme! Van-Van, Protônius e os astroquímicos, iam decompondo os elementos que, reunidos, haviam dado como resultado o terrível Saca-Rolha:

— Proteínas! — exclamou Van-Van. — Ácido nucleico! Polissacarídeos! Lipídios!

— Você quer dizer açúcares complexos e gorduras, não é? — tornou Xisto, procurando simplificar a linguagem do sábio. — Tal como na Terra?

Não era possível! Mal haviam sido pronunciadas essas palavras, os contadores Geiger que se achavam na sala começaram a acusar radioatividade.

— Estou registrando um elemento absolutamente inédito, uma espécie de ácido desconhecido! — exclamou Protônius, dando um pequeno salto e deixando escapar um grito, como se houvesse sido atingido por um choque elétrico. Aliás, fora realmente essa a sensação que experimentara.

— Vamos sair da sala quanto antes! — pediu Xisto. — Estamos lidando com um elemento para nós desconhecido. Seja o que for, entretanto, estou certo de que irá se enfraquecendo, se apagando aos poucos.

— Isso mesmo! — acrescentou Protônius, completando as palavras de Xisto. — Assim como um ferro elétrico que fica ainda algum tempo quente, mesmo depois de desligado.

O povo, do lado de fora do Laboratório gritava repetidamente o nome de Xisto, pedindo esclarecimentos.

Este, antes de sair, recomendou que embalsamassem o corpo do Saca-Rolha, tão logo cessasse nele qualquer manifestação de energia. Imaginou que seria interessante expô-lo mais tarde no museu da cidade, onde eram exibidos objetos e coisas ligadas à história do país.

A INCRÍVEL EXPLICAÇÃO

QUEM visse aquela cena sem saber do que se tratava, acharia tudo muito esquisito: centenas de pessoas sentadas em cima de ruínas, enquanto um charmoso, alto e magro jovem de cabelos compridos e lisos, andava de um lado para outro explicando, falando, falando.

— Amigos — começou ele, solenemente. — Meus pressentimentos foram confirmados, e conseguimos decifrar a metade do mistério dessa loucura em que fomos metidos desde que o disco voador se desintegrou em nossas praias.

— Mas o que é que o Saca-Rolha tem a ver com isso?

— Calma, calma! Eu chego lá. Que se tratava de nave interplanetária, eu nunca tive a menor dúvida, mas Van-Van, Protônius e eu ficamos sem saber se ela viera do espaço até nosso planeta por plano determinado, ou se entrara em órbita por acaso, vindo a cair acidentalmente em nosso país.

— Qual é a sua opinião?

— Até agora não temos elementos para responder a essa pergunta.

— E aquele pássaro azul tão bonito e que cantava em fá sustenido?

— Acreditamos que ele também faça parte do quebra-cabeças, mas até o momento não sabemos como. Tenham um pouquinho mais de paciência. Um pouquinho só, gente!

— E agora vamos ao Saca-Rolha, Xisto. Não aguentamos mais de curiosidade!

— Bem. Quando o disco se desintegrou, recolhemos alguns pedaços de sua estrutura e levamos para o Laboratório de Análises. Protônius e Van-Van, como vocês sabem, encontraram em sua composição tungstênio, urânio e uma liga de elementos não determinados. Fiquei impressionado, e resolvi levar um pequeno fragmento de dois centímetros para examinar em casa, com calma e sossego. Eu estava distraído, e coloquei o pedacinho no bolso de fora do paletó, junto com o lenço e parti.

— E então?

— Quando saí do Laboratório passei em casa de minha namorada e fui com ela até a Pastelaria para tomar lanche e comer pastéis de queijo. Aconteceu que naquele dia ela teve vontade de dar uma olhadela no tanque de leite. Subimos a escadinha para atingir a tampa e levantá-la. Eu sempre gostei de ver aquele marzão de leite, com o qual se fazia o queijo para rechear nossos pastéis. Fazia um calorão danado.

— E daí?

— Exatamente no momento em que eu abria a tampa, minha garota que estava suando muito, tirou o lenço do meu bolso, para passar no rosto. Eu não percebi que, nesse gesto, o fragmento do disco saltou dentro do tanque, sumindo no leite. Só quando cheguei em casa foi que dei por falta dele e percebi o que acontecera. Voltei logo à Usina e procurei no chão perto do tanque, na esperança de que o pedacinho houvesse caído do lado de fora. Como não encontrasse nada, resolvi esquecer esse lance.

— Não estou entendendo nada! — exclamou alguém.

— O que é que isso tem a ver com o caso? — tornou outro.

— Daqui a pouco vocês vão compreender — rematou Xisto. — Vocês estão fartos de saber de outras coisas esquisitas que estão acontecendo em nosso país: os objetos que são transportados de um lugar para outro por mãos invisíveis, portas que se abrem e fecham sem intervenção do vento nem de ninguém.

— Assombração legítima, Xisto! — berrou Bruzo. — Eu fico até arrepiado falando nisso. Vocês é que não estão sacando nada!

— Não seja apavorado, Bruzo! — disse Xisto — confesso humildemente que até agora, não sei a relação que isso tem com o Saca-Rolha, mas estou certo de que todos esses fatos aparentemente opostos, estão interligados e têm uma só origem. No meio disso, aconteceu comigo uma coisa que não sei bem explicar: comecei a ter a sensação de que a "entidade" invisível tem vibrações positivas e é, por assim dizer, benéfica, ou melhor, minha amiga.

— Como assim?

— Vocês não se lembram daquela festa noturna oferecida à ave cósmica? E a rosa vermelha que veio sozinha pelos ares e se colocou em minha mão? Não acham que foi um gesto muito simpático?

— Continuo com medo! — suspirou Bruzo.

— Treminhol nele! — sugeriu Xisto. — Não sei se vocês repararam também — continuou ele — que a ave foi transportada de asas fechadas, sem voar, até meus ombros, como se fosse uma homenagem, lembram-se? Com o tempo, acabei me convencendo de que fosse o que fosse, não havia perigo, perdi o receio do ser ou força invisível responsável por isso.

— Que será que vai acontecer ao ovo do pássaro azul?

— Parece que gorou mesmo. Vamos esperar ainda alguns meses, e depois, quebrá-lo para examinar.

ONDE ENTRA O SACA-ROLHA

— E o Saca-Rolha, como fica nisso tudo? — perguntou alguém.

— Numa noite de luar — continuou Xisto — como vocês sabem, os horteleiros vieram se queixar de que sua horta fora destruída por um engenho que deixara marcas espiraladas, não é? Exatamente um mês depois, o Saca-Rolha voltou à horta outra vez. Havia lua cheia também, e eu não deixei de anotar essa coincidência.

— Nada lhe escapa, hein, Xisto? — comentou um homem em voz alta.

— Vocês talvez não tenham percebido que aquela horrorosa cena no teatro aconteceu também, numa noite igual. Então saquei a coisa: o Saca-Rolha, fosse ele o que fosse, sofria a influência da lua cheia, e só atacava nessa noite. Daí então foi fácil calcular a data dos futuros ataques... Era só ver quando iríamos ter lua cheia.

— Influência da lua como, Xisto?

— Há coisas ainda inexplicáveis, mas que temos de aceitar porque elas existem, meu chapa... Talvez nossos bisnetos, mais evoluídos que nós, transem esse fenômeno cientificamente. Nós o constatamos apenas.

— Vai contando, Xisto, que a coisa tá ficando quente! — comentava o povo, entusiasmado.

— Eu estava desconfiado também de que a luz desarmava o Saca-Rolha, pois ele só saía à noite e quis ter a prova disso. Mandei preparar uma espetacular montagem elétrica de modo que as luzes se acendessem de repente no momento exato em que fosse apertado um botão. Marquei a data para a próxima noite de lua cheia, e... dito e feito: lá para as tantas chegou o Saca-Rolha rodando desenfreado, que nem doido varrido. O primeiro sinal falhou, como vocês se lembram, e todos nós corremos perigo de vida. Finalmente Protônius conseguiu fazer o esquema funcionar, o dia artificial explodiu e o Saca-Rolha fugiu para seu esconderijo.

— Que esconderijo, se o país foi todo vasculhado e não se encontrou nada? — perguntou Bruzo.

— Bruzo, Bruzo! Será que você já se esqueceu da cena que acabou de ver na Pastelaria? — disse Xisto. — E o tanque de leite? Não viu o que estava lá dentro?

— Mas por que ele escolheu esse lugar?

— Escolheu não — disse Xisto. — Foi atirado nele.

— Cada vez tou sacando menos — disse alguém. — Mas por que não descobriram antes o esconderijo do Saca-Rolha?

— Porque ele corria em alta velocidade e não deixava rastros.

— Por quê? Conte logo!

— A criatura, como vocês viram, morava no tanque de leite da Pastelaria. E esta fica na praça que é toda asfaltada.

— E a horta?

— Vocês não sabem que seus fundos dão também para a praça? O mesmo acontece com o teatro, onde ele apareceu naquela noite horrorosa.

— Por que o Saca-Rolha escolheu justamente a hora da representação para entrar no teatro?

— Posso até jurar que não houve escolha. Foi tudo por acaso. Ele não raciocina.

— Como assim?

— Um pouco mais, e vocês saberão quase tudo.

— Por que esse "quase"?

— Porque eu também ainda não descobri o ponto de partida de toda essa estória.

Xisto contou-lhes a cena da praia, quando fora cutucado pelo tal ser invisível, que desenhou um saca-rolha perto dele, na areia molhada.

— Esse lance veio confirmar — disse Xisto — uma coisa da qual eu já estava desconfiado: as entidades que estavam agindo no país eram duas, e bem diversas entre si, apesar de haver uma ligação entre elas. Se esta me entregava uma rosa — gesto de afeto — a outra destruía hortas — gesto de ódio.

— Mas, afinal, quem era, o que era o Saca-Rolha?

— Foi no teatro, minha gente, que comecei a desconfiar de leve a incrível origem de nosso indesejável hóspede.

— Como assim?

— Vocês se lembram do que aconteceu aquela noite no palco, em plena representação, quando Bruzo acabava de ser transformado em bebê na praia, e apareceu como um recém-nascido?

— Lembramos, é claro. O Saca-Rolha entrou de repente, derrubando paredes, não foi?

— Exatamente. O que me intrigou, entretanto, foi aquela pavorosa cena em que ele absorveu o menino, incorporando-o a seu próprio corpo! Foi esse o ponto de partida para a descoberta.

— Conte! Conte! Estamos morrendo de curiosidade!

— Diante do que aconteceu, sempre partindo do princípio de que tudo tem uma explicação, de repente me lembrei de certo detalhe que estudei quando menino em minhas aulas de biologia. No capítulo dos unicelulares, eu aprendera, por exemplo, que eles absorvem os alimentos com os quais entram em contacto incorporando-os à própria estrutura. Guardei também na memória, o desenho visto num livro de biologia de certo unicelular que tem o corpo espiralado, tal qual o Saca-Rolha. A ligação deste com um micro-organismo — ser infinitesimal — entretanto, me pareceu tão absurda, que afastei da cabeça essa aberração. Naquela noite de lua cheia em que promovemos o tal "dia artificial", tive mais uma "indicação", uma quase evidência de que o Saca-Rolha era um unicelular... agigantado por circunstâncias ignoradas.

— Como? Que coisa mais esquisita!

— Não sei se vocês ouviram falar, que quando os homens atiraram no Saca-Rolha e fizeram dois buracos em seu corpo, ele continuou ileso. Foi como se nada houvesse acontecido. Ele parecia ter até ficado mais forte, o danado!

— Como se explica isso? — perguntaram todos.

— É assombração! É assombração! — insistia Bruzo, começando a tremer novamente.

Xisto não se incomodou com o que ele dizia e continuou:

— Eu sabia que os unicelulares — como o próprio nome indica — possuem uma única célula, não tendo órgãos nem sistema nervoso como qualquer outro ser vivo. Quando acontece o que aconteceu — refiro-me aos tiros que o atingiram — ele continuou invulnerável, pois a própria estrutura do unicelular se refaz, se reconstitui rapidamente. Mas eu não tinha certeza de nada e ainda não podia afirmar coisa alguma.

O povo ouvia perplexo, e ao mesmo tempo maravilhado, a incrível explicação.

XISTO NÃO ESTAVA LOUCO

— E por que foi, Xisto, que duas vezes, nós vimos você andando e tropeçando pela rua, como se estivesse sendo empurrado?

— Vocês acertaram e chegaram antes de mim na parte mais importante do caso. Eu estava realmente sendo empurrado.

— Por quem?

— Pela mesma entidade invisível que pôs em minhas mãos a rosa na festa da Ave Azul. Como eu sentira que ela era amiga, e parecia querer ajudar, deixei-me levar até a Pastelaria. Achei graça, pensando que eu fora conduzido até ali para... comer pastéis de queijo. Pareceu-me uma brincadeira de alguém que ficara conhecendo o meu "fraco". O mais esquisito é que uma hora lá, alguns pastéis se levantaram sozinhos da pastelaria, e saíram voando pelos ares, até a rua.

— E a segunda vez, Xisto?

— Foi diferente. Deixei-me levar para a Pastelaria e fui empurrado até o tanque de leite. Fiquei parado observando. De repente, com algum susto, notei que a tampa do reservatório se levantava aos poucos, e que lá de dentro ia saindo...

— O Saca-Rolha?

— Não. Sozinho, parado no ar lá estava... imaginem o quê? O pedacinho do disco voador que eu pusera no bolso junto com o lenço, e que caíra dentro do tanque.

— Que coisa incrível, Xisto!

— Mais espantado ainda fiquei eu — disse este — quando percebi que uma mão invisível estava desenhando com o fragmento da nave espacial, encharcado de leite, uma... mola espiralada na parede do reservatório! Feito isso o pedacinho do disco se levantou no ar e mergulhou no leite outra vez. A tampa se fechou suavemente sozinha.

— Não estamos entendendo, Xisto.

— Também eu não compreendi logo a extraordinária charada que eu teria de decifrar. Só quando cheguei em casa foi que dei pela coisa. E era tão sensacional, que comecei a gritar alto: "Incrível! Incrível! Incrível!"

— Que ligação teria o pedacinho do disco com o Saca-Rolha?

— A mais direta possível! Com a nave espacial que se desintegrara na praia, teriam vindo certamente alguns micro-organismos interplanetários, que ficaram grudados às paredes do disco. Já lhes contei que levei um fragmento no bolso, que acidentalmente caiu em pleno depósito de leite.

— E daí?

— O que aconteceu deve ter sido o seguinte: algum micro-organismo que estivesse grudado nele encontrou no leite ambiente favorável a seu desenvolvimento. Como vocês sabem, existe no leite uma proteína — a caseína — que contém todos os vinte e um aminoácidos conhecidos. Sem dizer a razão de minha curiosidade, andei trocando ideias com nossos biólogos e cheguei à conclusão de que meu raciocínio era perfeitamente lógico. O micro-organismo teria crescido graças a uma mutação genética que fez com que ele tivesse aumentada cem mil vezes a sua capacidade de fabricar proteínas. E assim ele teria se agigantado talvez por ter se tornado capaz de sintetizar proteínas novas, utilizando os aminoácidos da caseína estranhos para ele.

— Você tá falando muito difícil, Xisto. Não tou sacando nada — disse Bruzo.

— Um dia, quando você estudar um pouquinho de biologia vai sacar tudo direitinho. E muita coisa mais.

— E como se explica você ler um livro no meio de toda a confusão? — perguntou alguém.

— Era um livro de biologia e eu quis recordar o que aprendi sobre os unicelulares.

— Mas que micro-organismo seria aquele?

— Sei eu lá!...

— Xisto, agora outra pergunta: se a usina de leite fica sempre trancada à noite, por onde poderia ter o Saca-Rolha passado, a fim de sair àquela hora? — perguntou um moço.

— Você se esquece de que as janelas da sala onde fica o tanque são fechadas por grades de ferro — explicou Xisto. — Teria sido muito fácil para o pobre Saca-Rolha, enfiar seu corpo cilíndrico, entre as frestas.

— Você fala nele quase com pena, Xisto. Entretanto, ele era um baixo-astral danado. Destruiu nossa cidade quase toda e matou e "absorveu" a criança no palco do teatro. Você quer coisa mais horrorosa do que isso?

— Ele não era bom nem mau. Era inconsciente — tornou Xisto. — Apenas um desses serezinhos ínfimos, bem próximos do nada, e aos quais a Divina Providência concedeu o dom de uma vida rudimentar. Agia movido por um impulso primário e bestial.

— Mas como é que ele fugia?

— Instinto elementar de defesa, poxa!

— Xisto, você é um gênio! — exclamou alguém em voz alta.

— Gênio nada, deixe de besteira. Eu não teria conseguido coisa alguma sem a cooperação de Van-Van, de Protônius e de todos vocês, cada um dentro de sua profissão ou especialidade. O mundo — continuou ele — é uma colaboração que não acaba nunca! Todos precisam de todos, inclusive dos mais humildes.

— Mas você é mais importante do que os outros, né? — disse Bruzo, que olhava para seu chefe com olhos arregalados de admiração.

— Bobagem! — protestou Xisto. — Não fiz mais que minha obrigação. Todo mundo tem o dever de dar uma contribuição ao mundo por pequena que seja. Vocês não estão doidos de curiosidade e querendo ir ao Museu para ver de perto o Saca-Rolha embalsamado? Pois então tratem de descansar um pouco, porque amanhã temos muito que fazer.

SURPRESA NO MUSEU

XISTO determinou a mobilização total do povo para a reconstrução da cidade. Casas foram erguidas quase que da noite para o dia, sementes eram plantadas, em ritmo apressado, e mudas de árvores vieram do interior formando grandes áreas verdes na cidade. Graças a processos especiais que aprendera em Nívea Xisto conseguiu que as plantas crescessem com extraordinária rapidez, e não tardou muito até que tudo ficasse como antes.

E aconteceu que, cheio de preocupações e querendo arejar um pouco o espírito, Xisto certo dia resolveu visitar o Museu da cidade, que reunia objetos usados há séculos pela gente que vivera no país. Estava também curioso de ver o Saca-Rolha, com seu corpo cilíndrico embalsamado.

Xisto examinava uma sala onde se viam, desde armaduras de guerreiros antigos, até os mais modernos trajes espaciais, inclusive o que ele, Xisto, usara quando visitara os planetas Grunus, Nívea e Minos. Ali também estavam outros objetos ligados ao passado do país e do próprio Xisto: o bloco de magnetita concentrada com o qual ele vencera séculos atrás o temível Mirtofredo Barbacoque; o caramujo coberto de lava de vulcão que dera cabo de Durga, "O Que Vê Sem Ser Visto"; a gaiola em que vivera seus tempos de passarinho.

Bem no meio da sala, via-se, em lugar de honra, o escafandro cósmico, colocado em cima de um pequeno pedestal. Vê-lo assim, num período de tensão, fez bem a Xisto, que começou a relembrar sua descida forçada em Nívea. De repente ele notou que o capacete do escafandro começou a ranger, e se desprendeu sozinho do resto do traje. Veio boiando pelo ar até se meter em sua própria cabeça!

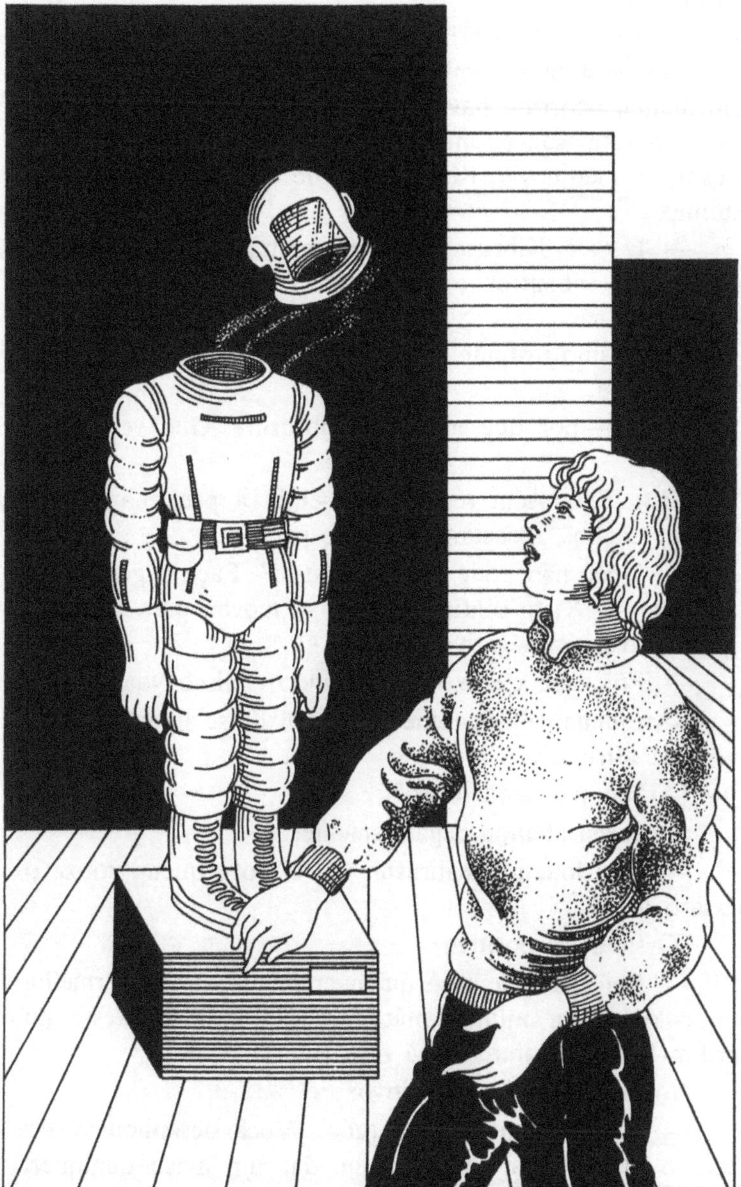

De repente ele notou que o capacete do escafandro começou a ranger, e se desprendeu sozinho do resto do traje.

Xisto empalideceu, enquanto seu coração disparava loucamente.

— Kibrusni! — gritou ele, vitorioso e perplexo, depois de alguns instantes, lembrando-se de cena mais ou menos semelhante, ocorrida havia um ano em Nívea, quando desviada da rota, sua cosmonave fora ter àquele planeta! Kibrusni, o menino invisível, filho de seu amigo, o Sábio Atômico. . .

— É você, Kibrusni? — perguntou Xisto, emocionado, procurando encontrar o corpo do menino. Se é mesmo, dê-me sua mão.

No mesmo instante, ele sentiu a mãozinha infantil a se meter na sua.

— Mas por que não fala Kibrusni? Que veio fazer aqui?

Xisto ficou sem resposta, e sentiu a pequena cabeça cheia de cachos, recostando em seu peito.

— Você não pode falar, Kibrusni? Faça o gesto com a cabeça. — Xisto sentiu que esta se moveu para um lado e para outro, em negativa.

— Foi você quem veio dirigindo o disco voador?

A pequena cabeça ergueu-se e abaixou-se algumas vezes, em sinal afirmativo.

— Seu pai sabia disso?

A cabeça abanou negativamente.

— Que loucura, Kibrusni! E foi você quem trouxe o pássaro azul?

O sinal foi positivo.

— Foi também você quem apanhou a rosa vermelha e a colocou em minhas mãos naquela noite da festa no Jardim Botânico oferecida à Ave Azul?

Novamente o sinal positivo.

— Já estou entendendo tudo. Você desenhou várias vezes o Saca-Rolha, tentando me dar um aviso qualquer, não foi?

Ainda uma vez a cabecinha fez o sinal afirmativo.

— Você quer continuar invisível, Kibrusni?

O menino sacudiu a cabeça com veemência, como que a dizer NÃO.

— Venha comigo, Kibrusni. E não se afaste de mim. Vamos andar bastante.

Mas por que estaria mudo o filho do Sábio Atômico de Nívea?

A PROVA DIFÍCIL

OS habitantes da cidade paravam no meio da rua, diante da inexplicável cena que estavam assistindo: Xisto andando com o braço direito esticado e meio longe do corpo, e abaixando — como se estivesse dando a mão a uma criança — a falar sozinho, rumo ao Laboratório de Pesquisas Nucleares. Ao tomar conhecimento do problema, Van-Van — como era de se esperar — caiu para trás, e ficou esticado, com o tal faniquito. Ao voltar a si, foi para a Sala das Experiências, tomou um ar grave, meditou algum tempo, fez cálculos, anotou, confabulou com Protônius, e decidiu fazer a mais difícil prova de sua já tão longa vida: produzir uma atmosfera ionizada que alterasse o índice de refração em torno de Kibrusni, tentando tornar visível a sua forma física.

O momento era solene, e, na Sala de Experiências, ninguém dava uma palavra sequer. Xisto, muito compenetrado, pediu ao Criador de todas as coisas — a Quem sempre recorria em suas horas graves — que iluminasse o sapientíssimo cérebro de Van-Van. No silêncio profundo da sala, quase às escuras, os minutos corriam pesados e lentos. Minutos ou... séculos? Ninguém soube.

Então aconteceu que, leve, tênue, foi se delineando a forma pequena e frágil de um menino. O rosto, os pés, as mãos, a cabeleira dourada, se firmaram e Xisto deu um grito:

— Meu pequeno amigo! Viva! — Abraçou a criança e apresentou-a a Van-Van e Protônius:

— Eis Kibrusni, menino do Espaço, filho do Sábio Atômico do Planeta Nívea!

— Xi...i...i...s...s...to! — disse finalmente o menino, com alguma dificuldade, começando a recobrar a voz.

Fora colocada afinal a peça que faltava, a mais importante para completar o extraordinário quebra-cabeças que desabara sobre o país. Estavam todos emocionados.

E ali mesmo, na Sala de Experiências, Kibrusni contou tudo: um novo tipo de cosmonave estava sendo ensaiado em Nívea, uma espécie de disco voador, cujo manejo de tanto ver seu pai experimentar, acabara aprendendo. Teve então a louca ideia de, escondido de todos, fazer uma surpresa a Xisto, visitando-o em seu país e levando-lhe de presente seu pássaro azul. E viajara o tempo todo invisível para surpreender ainda mais o seu amigo, ao chegar à Terra. No bolso do traje espacial, trazia a pedrinha que seu pai lhe dera, e que emitia raios com os quais recuperava a forma visível quando bem quisesse. Ora, aconteceu que, três dias antes de chegar à Terra, os aparelhos transmissor e receptor do disco começaram a dar problemas. Exatamente na hora de aterrissar, houve um desarranjo mais sério e a cosmonave explodiu, bem em cima do mar. O susto fora grande, e aumentou quando ele, Kibrusni, verificou que tinha perdido a pedrinha que o fazia recuperar a força visível. De repente, se viu despido, nadando entre os destroços, despojado de seu traje espacial, e percebeu que o mar ia aos poucos levando a ave azul até a praia. Quis gritar e não pôde: ficara afásico, mudo! O susto extremo provocara-lhe uma lesão no cérebro que lhe afetara a fala. Desesperado, nadou muito, até que conseguiu chegar à cidade. Tentou comunicar-se com Xisto, por telepatia muitas vezes, mas sem resultado algum.

— Agora entendo a causa das interferências mentais que eu tantas vezes senti sem poder explicar — comentou Xisto.

Protônius perguntou:

— Mas por que o menino Kibrusni não escreveu em algum papel, contando tudo a Xisto?

— Em meu planeta — continuou a criança de Nívea — ninguém sabe escrever. Não há necessidade disso. Comunicamo-nos falando, ou então se a pessoa está longe — mandamos mensagens telepáticas. Isso acontece há milênios. Fiz o que pude para explicar a Xisto quem era o Saca-Rolha. Vi que ele acabou descobrindo... O mais penoso de tudo para mim foi respirar o ar daqui. Vocês não imaginam como meus pulmões custaram a se adaptar a esta atmosfera pesada! Às vezes, pensava até que ia morrer!

No começo então, foi um verdadeiro suplício!

O OVO AZUL

— Mas — disse Protônius — como pôde você perceber e avisar Xisto de toda a transa que deu vida ao Saca-Rolha, se você, Kibrusni, é tão criança para entender uma coisa altamente científica como essa?

— Tenho apenas cinco anos, senhor Protônius, mas em meu planeta somos todos evoluídos. Já nascemos falando, e qualquer criatura de minha idade tem um conhecimento científico igual ao seu. Em Nívea, por exemplo, possuímos apenas cinco aminoácidos, e nossos raros micro-organismos são inofensivos. Logo percebi o que sucedeu no tanque de leite e quase morri de aflição, tentando avisar a Xisto.

— Mas por que você continuou nu e não usou alguma roupa, mesmo invisível?

— Estamos no verão, não é? — respondeu Kibrusni. — Como faz muito calor, quanto menos roupa melhor. Além disso... vocês já pensaram no susto que todos levariam vendo um macacão andar vazio? Sem pés nem cabeça pelas ruas?

— Mas que negócio é esse do Saca-Rolha só sair de seu esconderijo à lua cheia?

— Tudo o que Xisto disse é verdade. Quanto à explicação, vocês só a terão quando ficarem mais evoluídos, não só cientificamente como espiritualmente.

— Como pode você entender, Kibrusni, a língua que falamos?

— É que, por grande sorte eu não perdi aquele dispositivo minúsculo que meu pai inventou, e que eu trazia no ouvido quando saí de Nívea. Com esse aparelhinho, posso entender todos os ruídos e palavras que ouço, sejam estes de que língua forem.

— Você já pensou, Kibrusni, na aflição de seus pais e do povo de Nívea com seu desaparecimento?

— Pensei muito, Xisto. Sei que agi mal, e estou pagando caro por isso. Quero voltar quanto antes para Nívea. Mas como há de ser? Avise logo a papai que estou aqui, são e salvo, que o amo muito e que peço perdão pela preocupação que devo ter dado.

— Já tentamos, mas as comunicações estão interrompidas. Vou eu mesmo levá-lo numa de minhas cosmonaves. Antes de tudo, vamos lhe dar alguma roupa. Quero entregá-lo a seu pai, e depois voltar logo, pois temos vários problemas a resolver aqui.

Suplemento de Leitura

editora ática

Xisto e o pássaro cósmico, de Lúcia Machado de Almeida

Nome ______________________________ensino ________ ano ________

Escola ____

Oi, pessoal! Finalmente consegui decifrar a charada que quase me quebrou a cabeça! E, por falar em quebra-cabeças, vamos decifrar os que vêm por aí?

I. PERSONAGENS

1. Procure preencher, no SILABOX, os nomes das personagens que participaram junto comigo desta aventura. Cada quadradinho corresponde a uma letra. A relação de todas as sílabas está em ordem alfabética. Vá riscando as sílabas que você usar para facilitar o jogo. O primeiro exemplo já está feito para você.

BRU — BRUS — CA — CO — CÓS — KI — LHA — MI — NI — NIUS — PÁS — PRO — RO — RO — SA — SA — ~~TO~~ — TÔ — VAN — VAN — ~~XIS~~ — ZO

a) personagem central da história [X|I|S] – [T|O]

b) astrofísico; gosta de falar difícil [| |] – [| |]

c) unicelular; seu corpo é todo espiralado [|] – [|] – [|] – [| |]

d) ave azul de canto maravilhoso [| |] – [|] – [|] – [| |] – [|] – [|]

e) o menino invisível, do planeta Nívea [|] – [| | |] – [|]

f) fiel companheiro de Xisto [| |] – [|]

g) astrofísico; trabalha no Observatório Nuclear [| |] – [|] – [| | |]

2. Agora, preencha os espaços em branco com os nomes correspondentes. Procure-os nas palavras embaralhadas.

6. Além de mim, participaram desta história: Bruzo; minha namorada; o Professor Van-Van; Protônius; o povo da cidade; Kibrusni. Estão faltando os nomes das personagens que não são "gente". Quem são?

II. NARRATIVA

1. Nesta aventura que vivi, o ponto de partida dos acontecimentos foi:
   a) a marca de dois pés que eu vi na areia.
   b) a explosão de um disco voador na praia.
   c) a descoberta de novas proteínas no Observatório Nuclear.
   d) a festa no Jardim Botânico.

2. Numere os acontecimentos de 1 a 8, de acordo com a ordem em que aconteceram.
   ( ) Uma ave azul bota um ovo, logo recolhido para análise.
   ( ) Um disco voador se espatifa na praia.
   ( ) O aparecimento do Saca-Rolha causa pânico à população.
   ( ) Kibrusni, o menino invisível, se torna visível.
   ( ) Um pedaço do disco voador, que eu recolhi e guardei no meu bolso, cai no reservatório de leite.
   ( ) A ave cósmica é apresentada ao povo numa festa no Jardim Botânico.
   ( ) Durante a encenação da peça teatral **Aventuras de Xisto**, um bicho todo espiralado aparece no palco.
   ( ) A questão do Saca-Rolha só foi resolvida quando Xisto, depois de muito pensar sobre o assunto, descobriu que a "Coisa" morava no tanque de leite da Pastelaria.

3. Dentre os acontecimentos ocorridos, qual o que você achou mais empolgante? Pode ser mais de um, certo?

4. Você percebeu, neste livro, que eu fiquei mesmo muito nervoso e às vezes me senti meio perdido no mistério todo.
De tudo o que me aconteceu, pude tirar algumas lições.

Então, em voo lento e ritmado, veio saindo do ovo um deslumbrante pássaro azul, abrindo e fechando as asas...

Fazia sol e o dia estava lindo. Xisto, Protônius e Kibrusni preparavam-se para decolar na astronave fotônica rumo a Nívea. Nenhum ruído, nenhum sinal de detetores eletromagnéticos, como se o Cosmos estivesse adormecido. Vidas latentes pulsavam, entretanto, no espaço infinito.

Quem examinasse a merenda de Xisto, haveria de sorrir: pastéis de queijo e... alpiste. Sim, alpiste.

De repente, o povo começou a ouvir uma música distante.

— A nova ave azul! O ovo rompeu-se! — gritavam todos, correndo pelas ruas.

Então, em voo lento e ritmado, veio saindo do ovo um deslumbrante pássaro azul, abrindo e fechando as asas, que brilhavam como lamê. E começou a cantar uma melodia em fá sustenido tão linda, mas tão linda, que as pessoas sentiram lágrimas nos olhos e um aperto no coração.

Eram sons dulcíssimos que se dissolviam no ar e se misturavam com o vento. Sons jamais escutados, por ouvidos humanos, e que pareciam vindos de outras galáxias. As crianças adormeceram sorrindo, e os homens, mesmo de olhos abertos, começaram a sonhar.

Uma estranha paz derramou-se pelo coração de todos, fazendo com que crianças, moços e velhos, de todas as raças, esquecessem suas mágoas, seus ódios e espontaneamente se dessem as mãos.

Estava quase na hora da partida. Xisto soltou o assobio de aviso para despedir-se de seus amigos alados. Na mesma hora dezenas de passarinhos voaram em sua direção e lhe pousaram nos ombros.

— Até a volta! — disse ele, entrando na astronave.